UN AMOUR
CLAIR-OBSCUR

DU MÊME AUTEUR
CHEZ POCKET

LES ENFANTS DE LA VIOLENCE
MOURIR À DIX ANS
LE MAL D'ENFANCE
NOS ENFANTS FACE À LA DROGUE
C'EST SÛR, LA VIE SERA BELLE
LE PETIT

CLAUDE COUDERC

UN AMOUR CLAIR-OBSCUR

ROBERT LAFFONT

ISBN : 2-266-06493-2

À Julie, Guillaume, Patrick,
Fatima, enfants de la nuit.
Chaleureusement... près de moi !

« Je ressemble aux oiseaux di-
sait-elle, j'apprends à chanter dans
les ténèbres. »

DIDEROT
Lettre sur les aveugles

1.

Dans la cour de l'internat, les odeurs de mai donnent un avant-goût des vacances. Les « récrés » sont plus longues. Adrien renifle les émanations du goudron qui commence à suinter sur le bas-côté du terrain de basket-ball. Elles laissent sous les semelles et les mollets des taches sombres qui collent à la peau.

Quand il donne ces petits coups de tête syncopés de droite à gauche et de bas en haut, Adrien fait songer aux merles grappillant sur les marronniers opulents qui ceinturent la cour. D'ailleurs, la crête de cheveux qu'il maintient avec un nuage de fixateur sur son front lui donne un air d'oiseau vif, joyeux...

Adrien a un peu plus de quatorze ans. Quand on le croise, on ne se doute pas qu'il est aveugle tant sa démarche est sûre, affirmée. Il se déplace le menton relevé, en poussant sur la pointe des pieds pour allonger sa silhouette de quelques centimètres, et dit souvent :

— Je ne veux pas de canne blanche, ça fait aveugle...

Tout à coup, Adrien identifie clairement le « clap-clap » sec du ballon de basket qui vient vers lui. Son nez ne peut le tromper. C'est bien Frédéric qui mène le jeu. « Une sudation pareille, ça se reconnaît entre mille ! », se dit-il en faisant un pas sur le côté pour intercepter la balle. Mais son camarade vient également de flairer sa présence. Adrien prend appui sur sa jambe gauche, la main et le bras tendus oscillant comme un vrai détecteur d'objets métalliques. Il effleure la balle, en ressent l'aspérité granitée et légèrement chaude. Alors qu'il allait la saisir, Frédéric le bouscule. Un coup de sifflet rageur et une voix d'homme interrompent le jeu.

— Faute !

C'est le prof de gym qui intervient.

— Fait chier ! jure Frédéric, furieux. Juste au moment où j'allais marquer...

Le prof pose sa main sur l'épaule d'Adrien et le conduit à deux mètres du panneau de basket.

— Il est à quelle heure, le panier ? demande l'adolescent.

C'est en se référant aux chiffres d'une pendule qu'il va pouvoir déterminer l'angle d'accès.

— À deux heures, à peu près..., répond le professeur de gym.

Adrien fait rebondir plusieurs fois la balle devant lui avec une extrême concentration. Il incline légèrement la tête sur le côté droit et écoute chaque écho. Il sait que l'onde transmise va lui permettre d'ajuster au mieux son tir.

Un élève frappe violemment dans ses mains

comme s'il assistait avec un enthousiasme délirant au concert d'une de ses idoles. En fait, il indique, par ce geste, qu'il est sous le panier, prêt à la réception.

Le jeune non-voyant porte la balle au-dessus de sa tête et tire. Le bruit mat sur le panneau indique qu'il est passé à côté de sa cible.

— Une main à gauche, conseille le prof.

Son intervention n'est pas appréciée de Frédéric, qui se met à hurler :

— Favoritisme ! C'est dégueulasse... qu'il se débrouille...

Adrien lance le ballon avec force, le cou, la tête, le visage tendus comme s'il souhaitait l'accompagner de ce regard qui lui fait défaut. La balle tourne lentement autour de l'arceau, semble hésiter entre l'intérieur des mailles du vieux panier et l'extérieur... et ne se résout pas à s'engager dans l'ouverture. Sur le côté, Frédéric jubile, en sautant à pieds joints.

— Raté ! Raté ! Raté !

Il en rajoute dans l'exubérance, la bravade, le défi. Il se déplace généralement avec raideur et en agitant sa canne blanche avec une certaine agressivité. Il ne fait pas bon se trouver sur son chemin. C'est un batailleur qui se sent toujours incompris. Il porte les cheveux coupés court bien dégagés derrière les oreilles et cherche à se fabriquer un look de méchant pour imposer sa loi dans l'internat, mais il n'est pas très crédible dans cet emploi et personne n'est dupe. Le « dur » qu'il veut être se trahit parfois en laissant passer ses émotions, notamment à travers ses devoirs de français.

Sur le terrain, Adrien demeure les bras ballants, une expression de tristesse sur le visage. Mesure-t-il à cet instant les limites de ses possibilités ? Il ne reste pas très longtemps dans cette attitude. Il se mord la lèvre, se tourne rageusement vers Frédéric et lance :

— Ta gueule, bigleux !

Il quitte le terrain d'un pas ferme et murmure, avec une sorte de fatalité :

— De toute façon, les balles, c'est pas mon truc...

Des pas précipités crissent à proximité. Comme sur tous les terrains de sport, des jurons colorés s'expriment généreusement. Instinctivement, l'adolescent tend la main devant lui et saisit au passage, par la manche, le survêtement d'un de ses camarades.

— C'est toi, l'affreux ? demande-t-il, moqueur.

On se bouscule autour de lui. Il devine une vraie empoignade. On ne se fait pas de cadeau chez les jeunes non-voyants.

Enfin, une voix de fille répond, sur un ton rieur :

— Ton pif te fait défaut...

C'est Samira, seize ans, une jeune « beurette » malvoyante. Elle perçoit encore les silhouettes en pleine lumière. Quand on lui a annoncé qu'elle perdrait la vue avant dix-huit ans, elle a répondu à sa famille et à tous ceux qui s'apitoyaient un peu trop sur son sort : « C'est pas la peine d'en faire tout un plat ! »

Elle est très jolie, Samira, avec ses cheveux noirs bouclés. On la voit souvent à l'internat en compagnie de son ami Adrien. Au cours des promenades, c'est elle qui le guide. Il pose la main sur l'épaule de l'adolescente et se laisse aller en confiance. Pour l'heure, sentant que son nez lui fait défaut, il relève la tête, hume l'air par petits coups en pinçant ses narines et répond à Samira, sans plaisanter :

— C'est normal, le vent a tourné !

Puis il s'éloigne en direction du gymnase et longe la rampe de protection qui ceinture le bosquet sur le côté de la cour. Il commence à compter les pas qui le séparent de la porte d'entrée, respire à pleins poumons tout ce que le massif de buis laisse échapper comme parfums. Là poussent, mystérieusement enchevêtrés, des plants d'anémones, dc liserons des champs et de sureaux qui ont résisté à la pollution de la ville grâce à la barrière de protection constituée par les bâtiments de quatre étages de l'internat.

Il rêve, étourdi par les senteurs environnantes, par les odeurs de classe qui se glissent à l'extérieur par les fenêtres grandes ouvertes, et par son propre parfum, qu'il recueille sur le dos de sa main. Il fait courir ses lèvres sur la peau humide couverte d'un léger duvet et aspire avec délectation tout ce qui vient de lui comme odeurs encore attachées à l'enfance. Car c'est là qu'elles se nichent et rappellent la douceur des premières années de sa vie. Il procède ensuite à une sorte de petite succion qui le fait ressembler au bébé tétant le sein de sa mère. Absorbé par ces senteurs vives, c'est tout juste s'il entend la voix de Samira le mettant en garde. Elle a distingué, près de la porte, l'ombre menaçante de Frédéric.

— Attention, Adrien ! hurle l'adolescente.

Le garçon hésite entre esquiver à gauche ou à droite. Il n'a pas le temps de faire le bon choix et ne peut éviter la brûlure cinglante de la canne flexible qui vient le frapper. Frédéric s'apprête à réarmer son bras, mais Adrien est déjà sur lui. Il bondit comme un félin. Ses poings frappent, et touchent. Immédiatement, un groupe de jeunes non-voyants fait cercle autour d'eux et exhorte les combattants à plus de violence. Les narines frémissantes, Adrien localise son adversaire à l'odeur. Il le suit à la trace, avance sur lui, tête haute, poings relevés devant le visage.

— Attaque ! Mords-le ! crient les supporters de Frédéric.

Celui-ci, plus grand, se déplace le visage tourné vers son épaule gauche. C'est par son oreille droite qu'il situe les déplacements de son attaquant. Bientôt leurs souffles, leurs haleines sont si proches qu'ils finissent par s'empoigner et par rouler sur le ciment froid qui blesse les genoux et les coudes. Frédéric a vite l'avantage. Arc-bouté sur la poitrine d'Adrien, il emprisonne d'une main le visage du plus jeune, qui tente encore de railler :

— C'est pas la peine de chercher à me crever les yeux, c'est déjà fait, grand con de bigleux !

— Ne m'appelle plus *bigleux* ! hurle Frédéric en relâchant très légèrement sa prise.

Adrien en profite aussitôt, parvient à se libérer, se remet sur ses jambes et décoche un coup de poing qui atteint son rival en plein visage.

— Je pisse le sang, je pisse le sang ! répète le grand en portant son avant-bras gauche sous sa bouche.

— Faut arrêter ! lance Samira.

— Pas question ! rétorque Frédéric.

Adrien est déjà prêt à porter un nouvel assaut. Les jeunes non-voyants qui faisaient cercle cherchent maintenant à séparer les deux belliqueux, mais leurs mains ne palpent que le vide, et c'est l'intervention d'un surveillant qui met un terme à l'affrontement.

2.

Assis l'un près de l'autre sur le lit de l'infirmerie, ils donnent l'impression de se respirer avec mépris, dégoût, colère. Comme deux chats osseux hirsutes, ils font le gros dos et semblent prêts à sortir les griffes.

Peut-être parce qu'ils ne les voient pas, les deux garçons ne semblent pas se soucier de leurs ecchymoses. Pourtant les coups ont porté ; apparaissent maintenant sur leurs visages des ombres violettes. Les genoux et les coudes sont à vif. De la poussière et des petits gravillons se sont mélangés aux blessures.

L'infirmière, une femme toute frêle attachée à l'institution depuis plus de vingt-cinq ans, badigeonne avec un tampon d'ouate imbibé d'antiseptique marron les plaies des combattants. Est-ce l'endroit, les odeurs d'éther, de formol qui font surgir soudain, chez Adrien, ce flot de souvenirs ? Il pense à ce dimanche matin d'octobre où il débutait au football dans la catégorie poussins.

Ce jour-là, le temps n'est pas vraiment au beau. Il a plu la veille, et le terrain est gorgé d'eau et de bouillasse. Aux abords des touches, il a déjà sa couleur terreuse d'hiver. Au-dessus des têtes des enfants, de gros nuages, comme des barbes-à-papa, ne demandent qu'à éclater. Ce qu'ils font au premier coup de sifflet d'engagement de l'arbitre.

Ivres de pluie, de vent et d'enthousiasme, les « dix ans » s'élancent derrière le ballon. Les peupliers qui bordent le terrain balancent leurs feuilles d'automne comme autant de casquettes et de serpentins lancés par d'invisibles supporters.

Au milieu du match, Adrien court comme un fou pour éviter que la balle n'entre en touche. L'arbitre lève son drapeau. L'enfant, emporté par son élan, ne peut freiner sa course et se retrouve au bord du fossé qui permet l'écoulement des eaux. Les entraîneurs avaient déjà fait remarquer à la municipalité que le grillage surmontant ce fossé était trop près du terrain. La décision de le supprimer devait être prise au prochain conseil municipal...

Adrien ne veut pas prendre le risque de tremper ses chaussures de foot toutes neuves. Il se dit qu'il pourra s'accrocher de l'autre côté mais, au dernier moment, son pied d'appel fourche dans une motte grasse. Il s'affale sur le grillage, la tête la première. C'est ainsi qu'il s'enfonce deux pointes de fer dans les yeux.

Il retombe sur le côté sans un cri et perd connaissance immédiatement.

Lorsqu'il se réveille, à l'hôpital, il sent aussitôt la

tension des compresses fermement maintenues par du sparadrap autour de ses arcades sourcilières et de ses paupières, qui lui semblent étirées jusqu'aux tempes.

Il ne voit plus, mais il donne pourtant une couleur à sa douleur quand il tente d'ouvrir les yeux. Tout est blanc devant lui, d'un blanc éclatant, comme s'il avait observé la neige en plein soleil après avoir enlevé ses lunettes sombres. Puis il a l'impression de faire face à la lumière brûlante de l'appareil de projection du collège devant lequel, avec d'autres élèves de la classe, il se tenait avant que ne commencent les documentaires d'un autre temps, dégotés par le prof de français chargé du ciné-club. Soudain, une variation de noirs se pose devant lui. Elle se décline bientôt en une succession d'objets sombres. Il voit défiler devant ses yeux collés à tout jamais le piano noir du salon, les étagères laquées noir, tout comme le plafond du couloir de l'entrée, sa collection de lignites, la robe de soirée de sa mère... Puis des lieux succèdent aux objets. Il se retrouve dans sa chambre, réveillé en pleine nuit, haletant dans le noir après un cauchemar. Un autre moment de panique surgit en lui. Il se rappelle ce jour où il s'est senti pris au piège dans le garage plongé dans l'obscurité, la porte refermée sur lui. Cette image s'efface pour laisser place à une autre, plus apaisante, mais non moins étrange. Sous les pansements, Adrien a l'impression que la silhouette noire d'un chef d'orchestre, en queue-de-pie, dirige le *Boléro* de Ravel. Il voit danser devant lui une série de notes noires sur une portée musicale sombre... Peu à peu, cette couleur s'immisce en lui et prend possession de ses yeux d'enfant, de sa tête, de son corps.

Puis la douleur l'emporte sur toutes ces évocations nocturnes. Adrien éprouve un échauffement progressif de ses orbites jusqu'à la brûlure insupportable. Il crie. Des larmes mouillent ses pansements en ravivant la douleur. Il tente d'agiter ses mains et ses bras maintenus par une sangle fixée de part et d'autre du lit, frotte violemment sa tête sur l'oreiller comme pour se libérer du masque plaqué sur ses yeux crevés, et tambourine avec les jambes de toutes ses forces sur le matelas en essayant de se défaire de l'emprise des draps rugueux et de la couverture d'hôpital tout aussi rêche. Il pousse un nouveau cri. On court dans les couloirs. Des pas se précipitent dans la pièce, une main froide se pose sur son front, un parfum l'emporte sur les odeurs d'éther. Adrien reconnaît celui de sa mère.

D'un souffle, elle murmure, tout près de la bouche de l'enfant :

— Nous sommes là, mon chéri... Je suis là. Ne pleure pas, cela va te faire souffrir davantage.

Le petit garçon laisse échapper encore quelques sanglots, crispe les mâchoires à faire grincer ses dents et s'agrippe au bras de sa mère. Un léger filet de sang s'écoule à travers la compresse de son œil gauche. Le silence est revenu peu à peu dans la pièce. La mère caresse lentement les joues de l'enfant.

La bouche sèche, les lèvres gonflées par la fièvre, Adrien demande, en faisant un gros effort sur lui-même :

— C'est bientôt, maman, qu'ils vont me les enlever, ces pansements ?

Instinctivement, la jeune femme tourne la tête vers la fenêtre, comme si elle craignait d'être vue par son fils. Dehors, la nuit d'octobre tombe rapidement. Les lampadaires de la cour s'allument tous d'un seul coup, en un seul éclat, projetant des lueurs jaunes sous les voûtes grises de l'hôpital.

— Oui, bientôt, mon chéri, répond-elle, d'une voix qu'elle tente de rendre rassurante.

Mais il sent qu'elle vient de lui parler sans le regarder. Le silence s'empare de la pièce. Adrien révélera un peu plus tard : « Il me faisait mal, ce silence. Il s'enfonçait en moi. Il était noir, aussi. Il me faisait peur. »

Dans la chambre, l'enfant a soudain l'impression, peut-être à cause de ses yeux clos, que le moindre bruit lui parvient terriblement amplifié. Il reconnaît d'abord, accompagné d'une sorte d'écho, le froissement soyeux du chemisier de sa mère, suivi d'un long soupir. Il identifie ensuite le tic-tac excessif de la montre de son père, couvert bientôt par le chuintement spongieux des roues caoutchoutées d'un chariot poussé dans le couloir, absorbé peu à peu par le bip-bip d'un appareil de contrôle cardiaque ou respiratoire.

C'est le feulement d'un chat dans la cour de l'hôpital, ou sur un toit, qui lui rappelle alors la vie dehors, la ville, les copains, le collège, le tragique match de football de ce dimanche d'automne.

Le visage tendu, balayant d'une main devant lui, comme il l'aurait fait des yeux pour rencontrer le regard de sa mère ou de son père, il lance alors, avec une sorte de certitude :

— Ils sont foutus, mes yeux !

Adrien s'attend une nouvelle fois au silence, à une réponse détournée, ou à un mensonge. Il sent que son père se rapproche du bord du lit. Il reconnaît l'odeur trop sucrée de son after-shave.

L'homme n'a pas oublié la recommandation du médecin : « C'est à vous, à vous seul, de lui dire la vérité. Il ne faut pas le tromper... » Il tousse pour se défaire de cette grosse boule de sanglots qui lui encombre la gorge, regarde sa femme, les yeux pleins de larmes, et saisit la main de son petit garçon. Il la porte à sa bouche pour l'embrasser. Juste après qu'un grand coup de vent a fait trembler les vitres de la chambre, il dit d'une voix rauque :

— Oui... mon petit, tu ne pourras plus voir.

— Plus jamais, jamais..., répète l'enfant sans révolte, sans violence, avec une sorte de résignation.

Sur le pas de la porte, le médecin se sent contraint de donner une explication :

— Tu vas maintenant apprendre à voir à ta façon, bonhomme. On dit que les aveugles ne voient rien, c'est faux, tu sais. Ils voient autrement...

Le médecin poursuit un moment son discours pour tenter de rassurer le petit garçon, qui ne l'écoute plus vraiment. Il éprouve un sentiment de panique à l'idée de se retrouver pour toujours dans le noir. Dans ce noir où se nichent les cauchemars, les peurs. Il pense alors qu'il ne sera plus comme les autres et, avec la naïveté d'un enfant de son âge, il s'exclame :

— Et mon vélo ? Mes rollers ?

À nouveau des larmes humidifient ses pansements et finissent par rouler sur ses joues. Mais, cette fois, il contient sa douleur. À la perspective de ne plus faire de vélo, Adrien comprend soudain ce qu'est la cécité. Il ne peut évidemment pas se douter que, deux ans plus tard, il retrouvera sa place dans la rue, se déplaçant en rollers, guidé par son petit frère et les copains...

Elles s'écoulent vite, ces deux années. Au jour le jour, Adrien réapprend les gestes les plus simples : se servir à boire, en glissant l'index dans son verre pour évaluer la quantité de liquide, couper sa viande, lacer ses chaussures... Il affine considérablement ses perceptions olfactives et auditives. À l'internat des jeunes aveugles, il assimile très vite le braille, mais il peine sur l'usage de la canne blanche. Il n'est pas toujours évident de tenir l'instrument à quarante-cinq degrés dans l'axe du corps pour descendre ou monter les escaliers.

— L'escalier, c'est le piège, pour nous, dit souvent l'enfant.

Quand ses parents lui ont offert Oscar, le chien pour non-voyant, Adrien l'a davantage considéré comme un nouveau compagnon que comme un guide...

— Les clébards pour aveugles, ils ressemblent tous à des robots..., fait-il souvent remarquer.

Il ajoute aussitôt, en fourrant sa main dans la boule de poils à laquelle ressemble Oscar :

— Lui, il est moins con, il est pas branché sur un ordinateur. Il me fait des farces... Dans les passages cloutés, il est capable de me faire passer au vert rien que pour voir si j'ai la trouille ! On se marre bien, tous les deux.

Tandis qu'il parle ainsi, le gros chien pousse de profonds soupirs paresseux qui soulèvent ses babines pendantes, ouvre un œil pour montrer qu'il a bien compris qu'il est le sujet de la conversation, et fait mine de se rendormir au moment où Adrien poursuit, un sourire espiègle sur les lèvres :

— Quelquefois, la compassion des gens m'agace. Il y en a toujours qui veulent vous prendre le bras et vous faire traverser de force... Alors, à Oscar, je lui ai appris à grogner et à montrer les dents... d'une seule tension sur la laisse. Je devine alors la gueule des bonnes âmes et je suis mort de rire !

Adrien s'installe peu à peu dans l'univers des non-voyants. Il fait preuve d'un courage exemplaire et semble supporter sa cécité avec une étonnante maturité. Sa mère, Laure, professeur de musique, contribue considérablement à son épanouissement. Le jeune garçon l'en remercie sans cesse à sa façon, notamment en faisant des progrès au violon, qu'il pratique depuis l'âge de cinq ans. Elle est tellement heureuse quand elle l'entend interpréter avec talent et sensibilité une sonate de Mozart ou de Beethoven.

Adrien découvre chaque jour les possibilités de son corps et a repris espoir. Il jouit de sensations nouvelles qui le troublent, comblent son handicap, et dit, quand on l'interroge sur ce sujet :

— Avant, les choses étaient devant moi et je ne les voyais pas forcément. Maintenant, elles sont dans ma tête, dans mes muscles, mon corps, mon cœur...

Il ne supposait pas qu'il aurait pu éprouver tant d'émotions en développant ses capacités olfactives. Quelque chose d'animal en lui s'est réveillé, qui l'a rendu plus sensible, plus perceptif, plus compréhensif, plus en relation avec la nature. Il a appris tant d'odeurs : celles du sable, du sel, de la pierre, du macadam, de l'eau, du papier, des tissus, des métaux, de l'air, de la mousse, des résines. D'autres, oubliées, sont redevenues plus familières... Celles de l'encre, de la poussière, des plantes, des draps frais, du soleil, de l'herbe sèche. Pour lui, les mauvaises odeurs comme les bonnes sont tout aussi évocatrices.

Si Adrien a appris à vivre son handicap, son père, Jean-Pierre, architecte, ne l'accepte pas... Au début, il souffrait particulièrement de le voir se déplacer avec cette canne blanche, au milieu de ces enfants à la démarche de somnambule. Il éprouve toujours une boule à l'estomac quand son fils sort de l'internat, le samedi à treize heures. Il a alors envie de se recroqueviller, de se cacher derrière le volant de sa voiture, tandis que de nombreux parents, bras ouverts et sourire aux lèvres, se précipitent vers leurs gamins pas comme les autres...

Aujourd'hui encore, Jean-Pierre n'ose pas s'avouer

qu'il rejette un peu son aîné et qu'il porte plus d'intérêt à son petit frère, Jordan. Il a honte d'éprouver un pareil sentiment et cherche en permanence dans sa mémoire le souvenir d'Adrien avant l'accident. Il ne sait plus communiquer avec lui. Son enfant lui fait peur. Il est effrayé par son absence de regard, par ces deux agates pâles, presque transparentes, dénuées d'expression, comme des yeux renversés en permanence au milieu de son visage. Un jour, avec l'innocence de ses cinq ans, Jordan a lancé à son frère :

— Tu ressembles à un martien !

— C'est normal, j'en suis un ! a répliqué Adrien sans rire, laissant son petit frère dubitatif.

Son père se sent toujours maladroit avec lui... toujours trop prévenant. Il craint sans cesse la chute, le choc, l'accident. Les premiers mois, il voulait installer dans la maison tout un système de balisage, de repères, à l'aide de cordes de nylon et de crochets d'une pièce à l'autre pour permettre à Adrien de mieux se déplacer.

— Je ne veux pas de tout ça ! s'est défendu l'enfant.

Il a repris à son compte les recommandations du médecin :

— Il faut que j'apprenne à me déplacer de mémoire, en me servant au mieux de mes mains... de mes doigts !

Jean-Pierre a renoncé à son installation. À la maison, il est devenu plus taciturne et, à l'extérieur, de plus en plus absorbé par son travail. Il a fini par rentrer de plus en plus tard pour éviter d'être confronté au handicap de son fils. Peu à peu, les apéritifs se sont renouvelés. Le jour où Laure s'est décidée à faire observer à son mari qu'il sombrait dans l'alcoolisme mondain, Jean-Pierre s'est contenté de hausser les épaules en se versant un bourbon en guise de réponse. Mais il a soudain reposé son verre au moment où il a entendu, venant de l'étage, les premières notes d'une sonate de Mozart interprétée par Adrien. Il s'est dirigé vers la grande baie du salon. Il a murmuré sans se retourner :

— Le jardin est dans la brume ce soir...

Laure n'a pu voir les yeux pleins de larmes de son mari.

La brûlure de l'alcool sur les écorchures de ses coudes sort Adrien du passé. Il en revient toujours fatigué. Évoquer le passé, pour lui, c'est revoir le monde, la vie, avec des yeux qu'il n'a plus. Il sait combien il est plus difficile de s'adapter à la cécité lorsqu'on a déjà vu. Certes, il y a des tas de choses qu'il appréhende mieux que ses camarades aveugles de naissance. Pourtant, il ne peut s'empêcher de considérer que tout a été plus douloureux pour lui. Il ne s'explique pas la jalousie, l'animosité que lui témoignent certains jeunes non-voyants parce que lui a pu voir, « avant », sa mère, son père, les couleurs, le ciel, la mer, les rochers, les forêts, le visage des filles. Ce matin encore, au réfectoire, pendant le petit déjeuner, Frédéric lui a lancé, avec une petite pointe d'agressivité :

— Évidemment, pour toi, les couleurs, ça veut dire tout de suite quelque chose... Si on te dit que le pot d'eau devant, là, est jaune, tu fais fonctionner ta mémoire et tout se met en place.

Le garçon a marqué un temps. Il a sorti de la poche de son jean un Laguiole, a déplié la lame sans aucune hésitation et a commencé à couper sa viande avec une belle dextérité. Il a porté un gros morceau de steak à ses lèvres et a poursuivi, la bouche pleine :

— Pour nous, ce n'est pas pareil. Pour se faire une idée des couleurs, il faut qu'on fasse une sacrée gymnastique, dans notre ciboulot. Il faut qu'on fasse preuve d'imagination, de réflexion... Tu te rends compte que pour nous la télé en couleur, ça n'existe pas ! Des fois, je me dis que je suis un homme des cavernes !

Avec maladresse, Frédéric a tenté de faire comprendre à Adrien quels efforts il devait faire lui aussi et a ajouté enfin, pour conclure :

— On m'a dit : le rouge, c'est le feu, c'est chaud ! Le blanc, c'est la neige, c'est froid ! Et que tu te débrouilles avec ça, mon pote !

Adrien comprendra plus tard que les non-voyants parviennent à donner un certain sens aux couleurs par l'analyse de leurs différentes sensations.

Frédéric, aveugle de naissance, a fait un tout autre apprentissage de son environnement. Il a développé très rapidement ses facultés tactiles. Le voir s'approprier un objet est impressionnant. Il le manipule à la fois avec une rapidité extrême et avec un toucher par pressions du bout des doigts qui semblent transmettre un faisceau d'ondes très précis, que son cerveau analyse et restitue dans la demi-seconde.

Ils en sont restés là de cette conversation sur leurs aptitudes réciproques. Un instant, un drôle de silence s'est installé dans le réfectoire, un silence inattendu, rompu soudain par le bruit d'un verre tombant d'une table. Il a rebondi plusieurs fois sur le carrelage avant d'exploser avec violence en centaines de morceaux aux quatre coins de la pièce. Une salve d'applaudissements a salué l'exploit. De son côté, Adrien s'est mis à chercher la corbeille de pain. Frédéric a deviné le tâtonnement de ses mains autour des ustensiles de cuisine. Il a localisé plus rapidement le panier et l'a déplacé discrètement jusqu'au bord. Lorsque Adrien a fini par la repérer, il a eu un geste un peu trop brusque et la corbeille est tombée. Frédéric a éclaté de rire... Adrien n'a pas réagi. Il a seulement tenté de relancer la discussion :

— Vouais, j'ai eu la chance de voir... peut-être. Mais en arrivant ici, question motricité et déplacements, vous étiez vachement plus avancés !

Il n'ose pas dire également qu'il vit dans la crainte, les années passant, d'oublier un jour les couleurs.

— Cherche pas à te faire plaindre, a répondu Frédéric en se levant.

Il a essuyé son couteau sur le bord de la nappe, l'a refermé d'un claquement sec et l'a enfoui dans la poche arrière de son jean. Puis il a déplié énergiquement sa canne portative en concluant :

— On sait que tu te débrouilles très bien, Mozart-le-borgne !

— Tellement bien que ça dérange certains ! a repris Samira, restée silencieuse pendant tout le déjeuner.

— On t'a pas sonnée, la « fouine », a fait l'ado en tapant avec sa canne sur une chaise au moment où un éducateur, alerté par les bruits et le ton de la discussion, s'est amené vers la table.

L'infirmière maintient fermement la jambe d'Adrien.

— Aïe ! ça pique ! laisse-t-il échapper en repoussant d'un geste le bras de la soignante, qui s'écarte légèrement.

— Ne fais pas le douillet, je ne te fais pas mal. J'en ai soigné, tu sais, pendant des années, des pauvres gosses perdus dans les couloirs de l'internat à leur arrivée. J'en ai vu, des bosses, des chutes... mais j'ai rarement entendu les gamins se plaindre.

— Oui, mais lui, il est sensible comme une meuf ! lance Frédéric avec provocation.

Il se penche sur le côté et crache plusieurs fois dans le lavabo tout proche pour se défaire de ce goût de sang filandreux qui lui envahit la bouche. La porte s'ouvre sur le directeur de l'établissement, accompagné de l'éducateur en chef. Les deux adolescents tournent simultanément leurs têtes l'un vers l'autre, comme s'ils se cherchaient des yeux.

— Merde ! le dirlo et « Face de crabe », soupire Frédéric.

— On est bons pour le quart d'heure de morale ! murmure Adrien.

Ils donnent l'impression, tout à coup, d'avoir oublié leur querelle. Ils font même preuve d'une complicité inattendue. Il s'agit pour eux de faire front commun face à l'adversité qui surgit.

— Qui a commencé ? interroge l'éducateur en chef sans prendre le temps de refermer la porte.

Silence. Quelques notes de piano remontent depuis les classes de musique, au premier étage. Adrien reconnaît les premières mesures d'un nocturne de Chopin et se retient tout juste de les fredonner.

— Alors... qui a commencé ?

L'infirmière, scrupuleusement professionnelle, ne prête aucune attention à la situation, tout occupée qu'elle est à poser un pansement sur le genou de Frédéric. Le directeur, dans son costume noir, strict, à fines rayures grises, se tient dans l'entrebâillement de la porte. Il a figé un masque de gravité sur son visage glabre, osseux, au front bombé, aux tempes creuses. Une odeur de tabac froid imprégnée dans les vêtements a précédé l'entrée des deux hommes.

— Vous ne voulez pas répondre ?

L'éducateur se penche jusqu'à effleurer les têtes des deux élèves. Incommodés par son haleine, ils se reculent en esquissant une petite grimace de dégoût. Adrien et Frédéric imaginent bien l'allure de « Face de crabe », ainsi surnommé par quelques amblyopes qui, malgré leur vision déficiente, ont décrit aux jeunes non-voyants les traits du surveillant-chef.

Samira n'a pas lésiné sur les détails pour le dépeindre :

— Il a eu un accident de voiture et son crâne est à moitié brûlé. Il a un œil fermé, sa paupière est toute flétrie, il n'a quasiment plus de nez, et on a l'impression qu'il n'a qu'une seule lèvre, une grosse lippe, charnue, rouge, sur laquelle s'accumule sans cesse un filet de salive blanche.

Adrien avait estimé que Samira en rajoutait dans l'horreur.

— Tu vois pas assez bien, toi, pour avoir remarqué tout ça sur son visage...

— C'est la concierge qui m'a expliqué, a précisé l'adolescente.

Malgré tout ce qu'il a pu entendre, Adrien éprouve une certaine sympathie pour l'éducateur en chef. Il sait que l'homme se fait souvent plus autoritaire qu'il n'est réellement. Devant le directeur, il se croit obligé de peaufiner son emploi d' « aboyeur », de redresseur de torts, et force le ton, comme s'il tenait à se faire entendre du plus lointain des spectateurs dans une salle de théâtre.

— Messieurs, dit-il solennellement, nous sommes las de vos algarades ! Vous manquez d'attention durant les cours, vous êtes systématiquement en retard, on se plaint régulièrement de vous à la cantine et vous vous colletez régulièrement... Ça commence à bien faire, non ?

Il jette un coup d'œil vers l'infirmière, espérant une approbation qui ne vient pas, et ajoute, d'un ton qu'il veut amical :

— Pour la dernière fois, je vous le demande, qui a commencé ?

— Vous savez, avec nos yeux, on n'a pas bien vu qui a commencé, ne peut s'empêcher de plaisanter Frédéric.

Adrien pouffe de rire.

— Très drôle ! Votre cécité ne vous autorise pas à vous moquer du monde, vitupère l'éducateur.

Puis, prenant à témoin son supérieur, il ajoute, plus bas :

— Il ne se passe pas une semaine sans que je n'aie des problèmes avec ces deux-là !

Désignant Adrien de la pointe du menton, il poursuit :

— Celui-ci est pourtant très brillant en musique. Il rafle tous les premiers prix. C'est le seul cours où l'on ne se plaint pas de lui...

Adrien glisse lentement du lit de l'infirmerie et se balance d'avant en arrière. Le directeur pose énergiquement la main sur son épaule. Adrien sursaute et lance aussitôt, comme s'il ne pouvait plus se contenir :

— On a commencé ensemble... en même temps, quoi !

Il a presque crié, avec un peu d'insolence dans sa façon de s'exprimer. L'éducateur le regarde, bouche bée, se tourne vers le directeur à la recherche d'un ordre, d'une réaction, et se contente d'exprimer un léger :

— On se calme, mon garçon, on se calme !

Adrien ajoute pourtant, comme si cela ne suffisait pas :

— On se bat parce qu'on se déteste, c'est tout ! On ne peut pas se sentir ! Vraiment, moi, celui-là — il donne un coup de menton en direction de Frédéric pour le désigner —, je ne peux pas le sentir...

Il pince énergiquement son nez entre son pouce et son index.

— Il est nul ! Il me cherche tout le temps... et il me trouve, ce taré !

— Finissez de soigner vos bobos, je vous attends dans mon bureau dans dix minutes ! ordonne le directeur.

Les deux hommes sortent. Frédéric compte le nombre de pas qu'ils effectuent dans le couloir. Il évalue ainsi leur éloignement. À nouveau face à face, les deux adolescents mettent aussitôt un terme à leur pacte. Frédéric déclenche les hostilités au moment où l'infirmière finit de mettre du sparadrap sur les coudes écorchés d'Adrien.

— Si tu ne peux pas me sentir, moi, je ne peux te voir ! dit-il rageusement.

— C'est normal, pour un bigleux doublé d'un crâneur, réplique Adrien en portant les deux poings à hauteur de son visage, prêt à en découdre une nouvelle fois.

L'infirmière se glisse entre les deux élèves sur la défensive et lance, d'une petite voix perçante :

— Ah non ! Vous n'allez pas recommencer... Pas ici ! Fichez-moi le camp ! Vous avez intérêt à vous présenter chez le directeur.

Avec une énergie étonnante chez une femme aussi

fragile, elle les pousse l'un après l'autre dans le couloir. Frédéric devance immédiatement Adrien.

Ce dernier glisse avec assurance sa main le long du mur. Il en connaît bien l'aspérité et évite les pellicules de peinture écaillée qui peuvent blesser ou se planter comme des échardes au bout des doigts. Il entend venir à lui des pas légèrement retenus de jeunes non-voyants, devine leurs hésitations et se dit qu'il s'agit de « nouveaux ». En effet, l'un d'eux se déplace avec une canne qu'il maîtrise mal. Adrien estime qu'il n'a pris que deux ou trois leçons de locomotion.

Le « tac-tac » de l'instrument qui longe les plinthes rend un écho de plus en plus fort sur le dallage luisant et glissant. La collision semble inévitable entre les deux adolescents. Adrien accélère, tandis que le garçon qui vient en face ralentit. La canne qu'il tient d'une main souple, en balayant latéralement, hésite. Adrien devine sa peur, le cœur qui bat vite, les tempes qui bourdonnent. Il se souvient de tout cela, mais refuse d'avoir de la compassion. À moins d'un mètre, il se dégage du mur en se poussant du bras sur le côté et lance un éclatant :

— Pouët, pouët ! Fonce, pépère, ça bouchonne derrière toi !

Il évite de justesse le jeune non-voyant et ajoute, pour les autres qui viennent dans sa direction avec une démarche de somnambule :

— On dégage ! Priorité au futur collé !

Quand il s'engage dans le hall d'accueil, il murmure avec jubilation :

— S'il y avait eu une collision, j'aurais perdu trois

points à mon permis... Excès de vitesse. Ça va chercher loin, dans ce bahut de bigleux!

— Tu parles tout seul? demande une voix au moment où il saisit fermement la rampe en bois du grand escalier qui conduit au bureau du directeur.

Il reconnaît immédiatement le parfum de Samira : un mélange d'odeurs piquantes et de vanille légèrement amandée. Une fois de plus, il se félicite de la finesse de son odorat.

— C'est dingue, quand même, mon pif! Il est super... Qu'est-ce que je deviendrais sans lui?

Il rit, porte les mains à hauteur du visage de son amie, et quitte le ton gouailleur dont il use si fréquemment avec ceux de la cour. Il chuchote :

— Il n'y a que toi, ici, pour sentir si doux...

Adrien devine sous ses doigts le beau sourire de l'adolescente; soudain, il se livre à une digression inattendue sur les odeurs.

— Une odeur, tu sais, ça te révèle tout de quelqu'un. Elles te disent tout ce qu'il est nécessaire de savoir. Il y a celles qui te montrent la tristesse, la mauvaise humeur des gens. Quand je respire la rue, je vois ce qui s'y passe... au réfectoire, je sais où chacun se trouve en reniflant comme un petit chien...

Adrien tousse, cherche ses mots, semble avoir oublié sa convocation chez le directeur.

— Quand je suis en forêt, je suis aux aguets, comme un animal, nez au vent. Je flaire l'humidité de l'air, je palpe les arbres, je gratte l'écorce, je hume la mousse, l'herbe... Mais il m'a fallu énormément de temps pour redevenir un petit sauvage, un Indien toujours sur le sentier de la guerre...

Il s'arrête un instant, renifle plusieurs fois, le nez en l'air, et reprend, après une longue hésitation :

— Toi... C'est ton odeur, ton parfum, plus que mes doigts, qui m'ont fait comprendre que tu es jolie, gentille, gaie...

Les deux adolescents sont sur les marches des escaliers. Samira surplombe son ami. Il tend la main et passe un doigt sur les lèvres légèrement humides de son amie. Ils savent que cet endroit de l'internat, toujours plongé dans l'obscurité, est peu fréquenté et qu'il invite souvent aux rencontres, aux confidences, aux flirts. Samira se tait. Adrien retient son souffle. L'émoi l'envahit progressivement et lui donne chaud.

L'adolescente est sur le point de descendre d'une marche. Lui craint d'atteindre sa bouche. Il lui suffirait d'attirer légèrement Samira vers lui... Il voudrait plaquer son corps contre le sien, prendre sa main pour découvrir enfin un plaisir plus beau, plus tendre que celui qu'il s'accorde en silence, congestionné, sous les couvertures du dortoir.

Adrien sait que de nombreux non-voyants, parce qu'ils sont plongés dans le noir, croient ne pas être vus des voyants. Alors, comme s'il craignait d'être pris en faute, il se dégage et poursuit d'une voix blanche, sur le ton de celui qui n'a cessé de faire des observations scientifiques sur l'odorat :

— Par mon nez, j'apprends tout. C'est mon ordinateur, mon fil conducteur, mon radar... C'est lui qui me dit si je dois avoir de la sympathie ou de l'antipathie pour quelqu'un.

Samira l'écoute un instant avec un petit sourire amusé, puis finit par pousser un soupir de lassitude. Elle l'aime bien, Adrien, mais il est encore un peu trop emprunté. Une ride creuse le front du jeune garçon. Il reprend, sur le ton de la confidence :

— Je sais que les filles, par exemple, ne sentent pas comme les garçons !

— Sans blague ! fait Samira, moqueuse. En voilà, une nouvelle !

Puis, avec un geste de coquetterie vers ses cheveux, elle demande d'une voix douce :

— Et moi ? Je sens comme les autres filles ?

Adrien ne répond pas immédiatement. Il ne veut pas laisser transparaître tout ce qu'il éprouve pour elle et se contente de dire :

— L'odeur de tes cheveux est différente...

Il hésite encore et ajoute :

— Celle de ta peau aussi. Les odeurs des filles, c'est comme celles des fleurs, elles sont toutes différentes. Les mecs, eux, la plupart du temps, y puent la sueur.

L'adolescent passe une main fébrile sur l'épaule de son amie et poursuit :

— Il y a des filles-lilas, des filles-chèvrefeuille, des filles-rose et des filles-vanille, comme toi, avec quelque chose de pimenté que je sais pas encore définir...

Puis il se tait, attendant une réaction de Samira. Il se décide à aventurer une nouvelle fois l'index autour du visage de l'adolescente. Son doigt glisse le long des sourcils, s'attarde un instant sur les pommettes rondes, et remonte vers les boucles de ses cheveux noirs. Sous la caresse, elle dodeline de la tête comme un petit chat et, pour se défaire du trouble qui l'envahit, murmure, le rire aux lèvres, d'une voix non dénuée de sensualité :

— En tout cas, tu commences à bien savoir parler aux filles...

Se rappelant soudain les raisons pour lesquelles il se trouve dans cet escalier, Adrien empoigne vivement la rampe et bredouille :

— Excuse-moi, il faut que j'y aille, je suis invité à l'apéro chez le dirlo...

3.

La lampe du bureau renvoie une lumière jaunâtre sur les boiseries austères. Bien que « voyant », le responsable de l'établissement ne supporte pas les éclairages trop vifs. Pour lui, vivre dans la pénombre c'est être aussi, d'une certaine manière, plus proche de ses pensionnaires, qu'il s'efforce de traiter le moins possible en handicapés. Il tente d'imposer cette règle à l'internat, aux professeurs, aux éducateurs, aux lecteurs de passage. Il recommande sans cesse :

— Nous devons considérer ces enfants comme des individus à part entière qui ont droit au respect. J'interdis ici la compassion. Il faut punir quand c'est nécessaire, comme dans un autre établissement. Le manque de travail, l'indiscipline doivent être sanctionnés sans tenir compte de leur handicap...

Adrien n'a pas à frapper, la porte est entrouverte. Frédéric l'a précédé en venant par l'autre aile du bâtiment.

— Enfin, vous voilà, monsieur ! dit sèchement le directeur.

Adrien est immédiatement incommodé par l'odeur de tabac qui imprègne son costume et par la sudation particulière de Frédéric, qu'il devine proche. Il sait que l'homme se tient droit sous le buste de Valentin Haüy, le fondateur de l'internat, et tout près de la bibliothèque aux portes vitrées qui protègent les œuvres originales de Louis Braille, l'inventeur de l'alphabet des aveugles...

— Approchez-vous !

Les deux adolescents se déplacent en un même mouvement, avec une certaine retenue. Ils redoutent un peu le dirlo, car ils savent que c'est un homme aux colères froides. Adrien heurte du coude un fauteuil.

— Aïe ! fait-il en se massant rageusement l'avant-bras.

— Oui ! c'est cela, *aïe !* reprend le directeur d'une voix morne. Vous n'en finissez pas tous les deux de pousser des cris de douleur ! C'est à croire que vous êtes en manque de châtiments corporels... Nous ne sommes pourtant pas ici dans une vieille institution anglaise !

Adrien et Frédéric baissent la tête et prennent un air penaud. Ils en rajoutent visiblement dans la contrition. Leur manque de sincérité n'échappe pas au responsable de l'établissement, qui les admoneste d'un ton plus ferme :

— Levez la tête et cessez vos simagrées.

Il se racle la gorge bruyamment, se frotte nerveusement les mains et poursuit, en allumant une cigarette qu'il extrait nerveusement d'un paquet froissé :

— C'est donc entre vous que vous vous administrez

ces châtiments corporels ? C'est cela, n'est-ce pas ? Et par votre conduite vous voulez nous indiquer peut-être que notre équipe éducatrice est trop souple, trop permissive ?

Silence. Les deux garçons baissent à nouveau la tête. Le directeur éteint sa cigarette à demi consumée et les saisit simultanément par le menton. Il les contraint ainsi à se maintenir droits et ajoute :

— Comme vous l'a fait remarquer à plusieurs reprises l'éducateur en chef, nous sommes las, messieurs, de vos violences. L'équipe pédagogique qui vous entoure est ici non seulement pour prendre en charge votre instruction, mais elle a également pour vocation de vous donner le sens de certaines valeurs...

L'homme martèle ces derniers mots.

— Oui ! des valeurs et des repères, c'est ce qui vous manque, à vous, les jeunes voyants ou non-voyants ! D'ailleurs...

Il marque une légère pause, juge de l'effet de son discours sur les deux garçons impassibles et poursuit, avec une sorte de fausse colère :

— Comprenez bien qu'on ne peut admettre de vous voir vous comporter comme des loubards... même si c'est votre façon à vous de tenter de sortir de votre marginalité.

Il fait quelques pas dans la pièce. Ses chaussures crissent sur le parquet, disjoint du côté de la fenêtre. Il jette un coup d'œil dans la cour en se penchant légèrement. En bas, le professeur de gymnastique organise une compétition de saut en longueur entre jeunes aveugles. Sur une allée de sable compact d'un peu plus d'un mètre de large, délimitée de part et d'autre par deux longues cordes rouges d'une quinzaine de mètres, les adolescents handicapés s'élancent à toute vitesse dans ce couloir de protection. Lorsqu'ils courent, ils gardent dans leurs mouvements quelque chose de désarticulé et d'étrangement appliqué. Leurs visages sont tendus. L'épreuve semble très importante. Ils y mettent toute leur énergie, toute leur conviction, et se jettent dans l'air après un triple saut avec des cris de champion en plein effort. En les observant, le directeur laisse échapper un sourire qui indique sa fierté et son affection pour ces gamins qui manifestent une telle volonté de vaincre... Il revient comme à regret vers les deux élèves réputés pour être les plus problématiques de l'internat.

— Votre handicap, dit-il d'une voix qu'il veut soudain rassurante, ne vous donne pas tous les droits. Nous savons tous ici que la cécité des uns et des autres amplifie les traits de caractère. Nous avons bien compris que, vous deux, vous n'êtes pas du genre à vous laisser aller au désespoir...

Il se dirige à nouveau vers la fenêtre, qu'il entrouvre cette fois, et aspire l'air comme s'il en manquait depuis un bon moment. Les odeurs des arbres portées par un vent léger dissipent celles du tabac et de poussière qui flottent dans la pièce. Le directeur, sans se retourner, poursuit, en voulant se montrer psychologue, compréhensif :

— Nous savons bien que c'est par la violence et la révolte que vous réagissez à l'injustice qui vous a frappés... Mais vous refusez, n'est-ce pas, qu'on s'apitoie sur votre sort !

Adrien et Frédéric acquiescent simultanément.

— Soit ! fait le directeur en portant la voix.

Il tousse pour libérer sa gorge de sa bronchite de grand fumeur et ajoute :

— Je dois donc vous traiter comme des élèves d'un collège normal.

Adrien crispe les poings. Il a envie de crier. Il se retient de réagir aux propos de l'adulte. Il voudrait dire qu'il n'aime pas cette façon de parler des non-voyants... Il voudrait dire que ceux qui voient ne peuvent rien comprendre à l'univers des aveugles. Il sait aussi que ses quatorze ans ne peuvent encore rivaliser avec la parole des grands. Le chef d'établissement dit alors :

— Les multiples rappels à l'ordre dont vous avez fait l'objet m'invitent à envisager l'exclusion pour quarante-huit heures...

Silence. Frédéric tousse. Soudain le directeur conclut :

— Je vous donne une nouvelle chance : vous me ferez quatre heures de colle. Déguerpissez !

Adrien descend les escaliers à toute vitesse. Il saute les marches deux par deux sans aucune appréhension et débouche dans le grand couloir qui longe les réfectoires. C'est l'heure du goûter, il règne une grande effervescence aux portes des différents foyers. Il poursuit son chemin en armant son bras au niveau du visage afin de se protéger d'un choc éventuel. Sa main gauche effleure légèrement le mur pour lui permettre d'assurer un déplacement rectiligne. Frédéric l'a pratiquement rejoint et marche avec assurance, les bras ballants. Il a une meilleure connaissance des lieux et, très vite, il se retrouve au côté d'Adrien au moment où ce dernier s'engage vers l'étage des dortoirs. Sans se soucier de la présence des surveillants qui organisent les départs pour le week-end, il lance, sur son habituel ton provocateur :

— Dégage, connard ! Le taxi m'attend... C'est pas ma petite maman qui vient me chercher, moi...

Adrien lève la main pour frapper... elle retombe dans le vide. Il s'écrie alors :

— Ta gueule, bigleux ! On réglera tout ça lundi !

Dans le hall de l'établissement, jeunes aveugles et amblyopes rejoignent les accompagnateurs bénévoles qui vont les reconduire chez eux ou à la gare. Les plus hardis, canne blanche à la main, prendront le métro. La plupart d'entre eux sont chargés d'un sac rempli du linge sale de la semaine écoulée. Quelques visages sont crispés. Ils appréhendent le retour dans le monde des voyants.

L'internat est souvent ressenti par les jeunes d'ici comme un cocon familier, rassurant. Ils se déplacent sans crainte de la cour au gymnase, des salles de classe et de musique aux douches et aux chambres. Ils intègrent peu à peu chaque escalier, chaque recoin, chaque obstacle, et finissent presque par oublier leur cécité.

Dehors, au-delà des grandes grilles, il en va

autrement. L'agression sonore de la rue déstabilise immédiatement la concentration habituelle. Bien souvent, Adrien reste cinq bonnes minutes sur le perron, pour s'accoutumer à nouveau au chaos de la ville. Dès qu'il se retrouve de l'autre côté des grands murs gris et poreux de l'internat, tout en lui est en effervescence. Il renifle longuement les odeurs acides, charbonneuses, qui viennent de la rue et passe la grande porte, mains tendues comme s'il voulait éviter de se heurter à une invisible baie vitrée. Il marche l'oreille tendue à l'extrême et absorbe tous les bruits. Il remobilise toutes ses facultés olfactive et auditive. Il lui faut reconnaître de quelle direction surgit un bus ou une voiture. Il doit estimer, sans se tromper, à quelle distance peut se trouver une Vespa ou une moto qui s'engage dans l'avenue.

Il dit souvent :

— Quand je sors de l'internat, je me sens comme un ordinateur dont il faut rebrancher de nombreuses connexions. En vivant ici, j'oublie l'autre monde et, quand je m'y replonge : bonjour les dégâts ! Je me sens agressé de partout. Il me faut faire le ménage dans tous les sons qui surgissent.

Évoquant ses difficultés avec une bonne dose d'humour, Adrien poursuit :

— Le plus dangereux pour moi, ce sont les bittes, ces plots de béton qu'on rencontre sur les trottoirs et que je ne découvre qu'au dernier moment. Bonjour les tibias ! Quand je m'en prends un, j'insulte tout le monde... Qu'importe qu'il y ait des gens autour de moi... Une fois, j'ai traité tous les services municipaux de la ville d'enfoirés, d'enculés ! Faut dire que je m'étais cassé la gueule en beauté... Une bonne femme qui passait près de moi m'a traité de mal élevé, de grossier ! J'étais tellement en rage que je lui ai lancé : « Ta gueule, vieille pute ! » Je me suis dit alors que j'avais de la chance d'être aveugle, car elle s'est retenue de justesse de m'en foutre une !

4.

Le retour à la maison est toujours chaleureux et bruyant. C'est généralement le chien qui manifeste le plus sa joie et son exubérance. Il n'en finit plus de faire la fête à son jeune maître. Adrien dit souvent à son propos :

— C'est un déconneur, Oscar. Les chiens d'aveugles ont toujours l'air sérieux, grave. Ils se sentent chargés d'une mission extraordinaire et traînent derrière eux toute la misère du monde. Mon clébard, lui, c'est un vrai joyeux... Il en a rien à foutre que je sois aveugle.

Pour l'heure, l'animal s'acharne sur le sac à dos de l'adolescent qui rejoint sa chambre. Il l'occupe comme une cellule monacale. Elle est meublée simplement d'un lit, d'une chaise et d'un bureau sur lequel repose son ordinateur avec un clavier en braille. Sur une étagère, Adrien pose l'étui de son violon.

C'est quelques mois après son accident qu'il a décidé de faire le vide. Un matin, il a rassemblé à tâtons ses maquettes d'avion, ses jeux, ses livres, ses raquettes de tennis et ses rollers. Il a décroché les posters de Michael Jackson, de Vanessa Paradis, de Jean-Pierre Papin et la grande affiche rouge et blanc représentant de dos des musiciens au XVIIe siècle, face à une partition de Mozart dans un médaillon. Éditée pour le bicentenaire de la mort du compositeur, elle lui avait été offerte par sa mère à la suite d'un voyage à Salzbourg. Il a hésité un instant avant de s'en séparer et a fini par la rouler lentement en retenant ses larmes. Il a murmuré :

— C'est fini, je n'ai plus besoin de tout ça !

Laure n'a pas osé s'opposer à sa décision. Elle n'aime pas le contrarier, et Adrien sait bien qu'il est le centre des préoccupations de la famille. Parfois, il abuse de sa situation en se montrant exigeant et capricieux.

La maman a réuni en silence tous les jouets et tous les objets dans deux grands cartons que son mari a montés au grenier. En pleine nuit, Adrien s'est attaqué à la tapisserie représentant des petits Mickey sur un fond de ciel étoilé. Avec son couteau, il a gratté le papier peint jusqu'à ce qu'il ait retrouvé la face lisse des murs. Le lendemain, seul son père s'est risqué à dire, à mi-voix :

— J'aurais pu t'aider si tu me l'avais demandé...

— Il y a des tas de choses que je peux faire seul ! a répondu l'adolescent avec agressivité.

Le jeune garçon passe une grande partie de ses week-ends reclus, manipulant avec une étonnante dextérité son ordinateur pour aveugle. Quand il en a fini avec lui, il s'empare de son violon, dont il use sans fatigue pendant plus de quatre heures d'affilée.

Aujourd'hui encore, sa mère tambourine à la porte de sa chambre, qu'il a fermée à clef. Adrien pratique sa musique passionnément, avec exaltation et avec une sorte de violence. L'archet attaque souvent les cordes avec trop de vigueur. Malgré les remarques de son professeur de musique, il n'en fait qu'à sa tête. C'est ainsi qu'il entend interpréter les œuvres de Paganini ou de Beethoven. Même si celles-ci demandent une ardeur particulière d'exécution, il en rajoute.

Quand il joue, yeux clos, son visage se contracte avec une expression particulière. La tête penchée sur le côté, le front crispé, la mâchoire serrée, tout témoigne en lui d'une mobilisation passionnée, fiévreuse. Quelques gouttes de transpiration perlent sur ses tempes. La bouche à demi ouverte, il fait comme s'il happait les notes qui s'échappent de son instrument. Sa mère peut encore l'appeler derrière la porte, il ne répondra pas. Il ne cessera de jouer qu'à bout de forces, les doigts presque déchirés par les cordes, et gardera longtemps à leurs extrémités une empreinte rouge sur le point de laisser échapper un peu de sang. Le jeune garçon se donne à la musique qui devient pour lui, dans sa tête d'aveugle : rêve, oubli, voyage, lumière, soleil, bruissements multiples, cris, joies, larmes. Elle suscite encore d'autres sensations fortes, exacerbées par cette relation quasiment magique qu'il entretient avec son violon. Il a alors le sentiment de retrouver tout ce qui s'estompe en lui dans les jours ordinaires de l'internat : couleurs, formes, visages et paysages.

Aujourd'hui, sans cesser de jouer, il sent, à travers la vitre, l'éclat des rayons du soleil printanier sur sa peau et il devine l'exubérance de la nature dans le jardin. Il sait qu'ont éclos les bourgeons des lilas et que la terre mue, que le ciel étire son bleu jusqu'à l'horizon. Il a toujours été sensible à ces moments où les bouleaux verdissent, où le saule pleureur épand ses longues branches sur la haie de thuyas, à cette époque de la saison où les parterres de primevères rouges, mauves et jaunes habillent la maison de gaieté. Et plus l'archet court sur les cordes tendues, plus Adrien s'emplit de visions étranges. C'est là son secret. Chaque note donne naissance à de nouvelles sensations.

— Seuls les musiciens, qui jouent la plupart du temps les yeux fermés, peuvent comprendre ce qui se passe dans la tête d'un non-voyant, explique quelquefois le jeune garçon.

Il fait souvent preuve d'une étrange maturité étonnante pour ses presque quinze ans ; on lui reconnaît un sens de l'analyse assez pointu en toute chose. À propos de la musique, il a coutume de dire :

— On part souvent des ténèbres, de ce qui est abstrait, imprécis, pour aller progressivement vers la clarté, dans un univers où le réel et l'imaginaire se mélangent. Les musiciens se concentrent mieux dans le noir. Ils mettent ainsi tous leurs sens en éveil... La musique, c'est comme une drogue, un hallucinogène qui met en état second. Quand je joue, la plaie est à vif, et puis je me libère de la douleur pour aller vers un bonheur proche de l'extase, qu'il est impossible de partager avec les voyants...

Adrien a fini par rejoindre la famille dans le salon. La télévision mobilise l'attention de tous à l'heure des informations. Le présentateur commente les événements de l'ex-Yougoslavie.

— Qu'est-ce qu'ils montrent ? demande Adrien avec gravité.

Ses parents et son petit frère se retournent, surpris. Ils ne l'ont pas entendu venir.

— Les Serbes bombardent Sarajevo, répond son père en appuyant sur le bouton de la télécommande pour augmenter le volume du son afin que son fils puisse mieux suivre les événements.

Sa mère, tout aussi attentive, les mains crispées, ajoute :

— Là, ils montrent un hôpital installé dans des caves. Il y a de nombreux blessés... des femmes, des enfants !

Adrien scrute l'écran. Le visage tendu, il donne à cet instant l'impression de voir.

— C'est dégueulasse ! fait-il en prenant place sur le bras du canapé.

Il a choisi de se poser près de sa mère. C'est à son parfum qu'il a deviné où elle se trouvait. Il baisse la tête, tend l'oreille vers la voix du présentateur qui indique les hésitations de la communauté internationale.

— C'est pas possible qu'on laisse faire ce massacre ! commente l'adolescent avec un accent de colère.

Il se tourne vers son père, cherchant son approbation. L'homme se lève, allume une cigarette, rejette la fumée lentement et dit, en baissant la tête, cherchant ses mots :

— C'est compliqué, tu sais, de provoquer une intervention extérieure. Ce n'est pas facile de légitimer le droit d'ingérence...

— Les hommes politiques et les militaires n'ont pas hésité, pour le Koweït ! fait remarquer vivement le jeune garçon.

— Le contexte n'était pas le même...

— C'est sûr, il n'y a pas de pétrole à Sarajevo ! Il n'y a pas d'intérêt... les politiques se foutent de nous !

— On n'a pas tous les éléments pour juger, mon grand...

— Tous ces gens qu'on assassine, ça justifie qu'on intervienne ! On ne pourra pas dire qu'on ne savait pas, cette fois... Ça m'écœure, tout ça !

Adrien parle avec son père d'égal à égal. Là encore, dans cette discussion, il affiche fermement son point de vue et fait preuve d'une curiosité, d'une réflexion peu fréquentes chez un jeune de son âge. La politique, le théâtre, le cinéma, la littérature retiennent aussi son attention. Il passe généralement ses week-ends à « alimenter », comme il dit, sa culture générale. Cette fin de semaine, il a choisi d'achever la lecture des *Caractères* de La Bruyère. Sa mère demeure sa meilleure lectrice. Lové dans l'un des grands fauteuils en cuir râpé du salon, il se laisse bercer par sa voix mélodieuse. Même Oscar semble goûter le plaisir de la narration. Il se tient aux pieds du jeune aveugle et, l'oreille relevée, manifeste son attention. Adrien retrouve là, dans ces moments de lecture, quelques temps forts de sa petite enfance, quand sa mère lui racontait les histoires de Michka l'ourson.

Il évoque ces années avec nostalgie. Aujourd'hui, il se sent devenir autre. Plus il entre en adolescence, plus il a le sentiment de s'isoler. Particulièrement chez lui.

À l'internat, il tente d'éviter les autres non-voyants, à l'exception de Samira. Au cours d'une promenade dans la cour, il lui a confié :

— Faut que je foute le camp de ce bahut ! Je veux fréquenter un lycée normal, tu comprends !

La main crispée sur l'épaule de l'adolescente, exalté, il a poursuivi :

— J'ai l'impression de moins bien supporter d'être aveugle maintenant...

— C'est la puberté ! a répondu Samira, en riant pour le rassurer.

— Je ne sais pas, mais je me sens plus handicapé à quinze ans qu'au début de ma cécité. Je suis moins agile et j'ai de plus en plus mauvais caractère.

— Ça, j'avais remarqué !

— Un rien m'agace, je te jure !

Parfois, Samira retrouve Adrien à l'écart, dans un coin de la cour. Debout, il se balance d'avant en arrière avec la régularité d'un métronome. Il engage généralement sa jambe droite quelques centimètres devant sa jambe gauche, légèrement à l'équerre, en formant une sorte de levier, et oscille ainsi sans discontinuité. Ce va-et-vient est doux dans sa tête. Il a ainsi le sentiment de mieux s'isoler, d'être ailleurs. Il ferme sa porte de communication avec les autres. Il est alors dans la tour de son château d'enfant, il quitte le monde des aveugles et des voyants. Il est hors de son corps, dans un univers que personne ne peut partager. Samira, contrainte de le secouer pour le sortir de sa rêverie, lui lance :

— Cesse donc de jouer les autistes !

Adrien, plein d'incertitudes, a souvent l'envie d'interroger sa mère, mais la pudeur arrête ses questions. Tout récemment il s'est aventuré à lui demander tout bas, l'air accablé :

— Dis-moi, maman, à quoi je ressemble ? Je suis laid, n'est-ce pas ? Je sens bien tous ces boutons que j'ai sur la figure...

Sa mère a passé une main affectueuse sur ses cheveux et a répondu d'une voix douce :

— Bien sûr que non, tu n'es pas laid ! Et tes boutons disparaîtront avec l'âge.

Avec l'audace inattendue des timides, Adrien a lancé :

— Les copains disent qu'il faut se faire des filles !

Sa mère a souri légèrement avant de répondre, sans embarras :

— Je ne suis pas sûre que cela soit scientifiquement prouvé !

Une expression boudeuse s'est posée sur le visage de l'adolescent. Il a quitté le canapé du salon sur lequel il s'était vautré et a rejoint sa chambre en silence...

Bras en croix, nu sur son lit, Adrien a pris la précaution de tirer le verrou de la porte de sa chambre. Il laisse glisser la main sur sa poitrine, en palpe les petits durillons en excroissance, les pince légèrement. Saisissant son sexe entre le pouce et l'index, il le caresse doucement pour mieux en décrypter la forme. Il porte les doigts à son nez, reconnaît l'odeur forte, troublante, qui caractérise cette partie intime de lui-même, tandis que son autre main va de son entrejambe à la jeune touffe de poils dont il vérifie sans cesse la longueur. Il dit alors, avec un petit sourire de satisfaction : « De ce côté-là, je n'ai rien à envier à personne. »

Enfin, il enserre son membre très fort. Quand le liquide se répand sur son ventre, il l'étale du bout de la main pour en sentir la texture, porte l'un de ses doigts à sa bouche et, du bout de la langue, goûte le sperme avec une petite grimace.

Au-dessus de lui, la pluie martèle le vélux qui laisse passer une lumière douce que le jeune garçon ne peut évidemment apprécier. Bras tendus, il se laisse bercer par la plainte du vent entre les interstices de la fenêtre... Musique rassurante, porteuse des souvenirs de la petite enfance et du temps pas si lointain où pour Adrien, à cette heure de la nuit, il suffisait d'entrouvrir les volets pour s'émerveiller des scintillements nocturnes, des traînées blanches, de nuages en voyage qui évoquaient pour lui le Petit Prince sur sa drôle de boule de terre, avec son écharpe blanche volant au vent sidéral.

C'est à Samira qu'il a expliqué une fois de plus son attachement au héros de Saint-Exupéry. Tout récemment encore, installé au côté de la jeune fille dans la bibliothèque où planent des odeurs de cire et de vieux papiers, Adrien, feuilletant les lourdes pages de l'ouvrage composé en braille, a évoqué sa fascination pour le Petit Prince :

— J'ai souvent rêvé que je le rencontrerai un jour, là-haut, dans la mystérieuse galaxie. Lui non plus, il ne comprend pas pourquoi le monde des hommes est si méchant, si imparfait, si contradictoire.

Samira a froncé les sourcils et secoué la tête en signe de désaccord.

— Moi, je crois qu'il l'aime, la Terre, et il veut que toute l'humanité s'aime.

Adrien a posé sa main sur celle de son amie et a repris :

— Il aimerait surtout qu'elle soit plus belle, plus généreuse, et que les hommes et les animaux soient plus fraternels.

— Il te rend triste, le Petit Prince ?

— Non, pas du tout, il me fait rêver. Il me fait mieux aimer les gens, la nature. Il aurait pu être aveugle. Nous ressentons souvent les choses comme lui, avec naturel, simplicité. Moi, je crois qu'il faudrait écrire un « Petit Prince aveugle ».

Adrien ne se défait pas de son attachement pour son héros. Il le retrouve régulièrement grâce à une cassette audio offerte par sa mère. Le texte est dit par une voix chaude, envoûtante, émerveillée. C'est la voix d'un comédien qu'il ne connaît pas. Sa mère lui a expliqué :

— C'était un magnifique acteur... mort trop jeune. Il a fait rêver de nombreuses générations... Il m'a fait rêver. Il s'appelait Gérard Philipe.

Il ne se passe pas un jour de la semaine sans qu'Adrien écoute l'étrange voix qui s'accorde si bien à la nuit. Ce soir encore, il appuie sur le bouton. L'acteur récite dans le noir, tout vibrant d'émotion :

« Le Petit Prince, une fois sur Terre, fut donc bien surpris de ne voir personne. Il avait déjà peur de s'être trompé de planète, quand un anneau couleur de lune remua dans le sable... »

L'adolescent se recroqueville et enserre dans ses bras un de ses gros oreillers. Un sourire se dessine sur ses lèvres. La voix chantante, douce, espiègle, poursuit :

— « Bonne nuit..., fit le Petit Prince à tout hasard. — Bonne nuit, fit le serpent. — Sur quelle planète suis-je tombé ? demanda le Petit Prince. — Sur la Terre, en Afrique, répondit le serpent... »

Adrien s'endort. La cassette déroule le texte tard la nuit. Quelques années plus tard, il sera capable de réciter de mémoire des pages entières du *Petit Prince*.

5.

— Il faut que cela cesse, Adrien ! Tu ne peux rester enfermé comme ça tout le temps...

Le ton est ferme. Jean-Pierre est décidé à sortir son fils de sa réclusion. Le jeune garçon, mutique, a tiré le verrou de la porte de sa chambre. L'homme tente encore de se montrer compréhensif, diplomate ; il poursuit calmement :

— Tu ouvres cette porte et tu viens avec nous... Cela ne peut pas te faire de mal de prendre l'air en forêt.

La maison semble plongée dans le silence. Seule la voix de l'adulte rappelle une présence à l'étage. Jordan et Laure se tiennent pourtant sur la dernière marche de l'escalier, attentifs à la négociation entre l'adolescent et le père, qui ajoute d'une voix presque suppliante :

— Si tu ne le fais pas pour nous, fais-le pour ta santé ! Tu as une mine épouvantable...

Un violent coup d'archet, aigu, strident, lui répond. Il recule d'un pas, et lance alors, après avoir retenu trop longtemps sa colère :

— Ouvre, ou j'enfonce la porte ! Ça suffit, Adrien ! On ne peut céder à tous tes caprices... y en a marre à la fin ! Tu n'as plus dix ans, conduis-toi en individu responsable !

L'adolescent a posé son violon et pousse un long soupir. C'est à peine si, derrière la porte, on l'entend dire précipitamment :

— J'en ai rien à foutre de la forêt, de la campagne, des promenades du dimanche ! C'est bon pour le chien, pas pour moi !

Il marque un temps, tape du pied sur le parquet et reprend :

— Ouais..., j'ai plus dix ans, alors je fais ce que je veux ! Je sais ce qui est bien pour moi et ce qui est ringard ! Je ne veux aller nulle part et je ne veux voir personne !... Je dis bien *voir*, même si je suis aveugle. Croyez-moi, je visualise, j'imagine bien les emmerdeurs, ceux qui ne comprennent rien à rien, qui s'apitoient sans cesse...

Il prend un ton geignard pour imiter les réflexions entendues ici et là :

— « Le pauvre jeune homme, c'est terrible pour les parents, c'est pas une vie ! Que va-t-il devenir ? Quel malheur ! »

Il se tait un instant, donne l'impression de reprendre son souffle et lance d'une voix coléreuse, éraillée :

— Merde à tous ces cons qui me prennent en pitié ! Je veux pas qu'on pleurniche sur moi ! Du monde, j'en vois toute la semaine ! Oui, j'en vois à l'internat ! J'en renifle en permanence, et le monde pue, les gens puent, les bagnoles puent... la campagne, la nature puent, tout pue !

L'homme reste bouche bée devant les propos de son fils. Depuis quelques mois, il constate ses excès sans savoir réellement comment réagir. Il sent que son aîné teste sa patience et son autorité. Il refuse de répondre à ses provocations et tente autant qu'il le peut d'éviter les affrontements. La mère manifeste également le désir de comprendre le comportement du jeune garçon, qu'elle met davantage sur le compte de l'adolescence. Elle dit généralement :

— Il se sent rejeté...

— Non ! c'est lui qui ne veut pas aller vers les autres, objecte le père. Il en veut à toute la terre. Ce n'est pas normal qu'il se mette ainsi à l'écart... en s'isolant volontairement. Il faut le montrer à un psy.

Derrière la porte, le jeune garçon a lâché le violon pour son ordinateur. La voix robotique de la commande vocale résonne lugubrement dans la pièce. Jean-Pierre, au même moment, agrippe d'un geste brusque la poignée qu'il secoue énergiquement. Laure approche pour l'inviter à renoncer. Il la repousse et hurle, sans pouvoir se maîtriser davantage :

— Tu exagères, Adrien ! Tu profites d'être aveugle pour abuser de la situation...

Le bruit de l'ordinateur cesse aussitôt. Un long silence s'installe. Le père regarde d'un air penaud la poignée qui lui est restée dans la main.

Le verrou claque. Adrien apparaît sur le seuil, blême, le visage grave. Il tient sa canne blanche à la main et dit, les dents serrées :

— Allons-y ! L'aveugle ne veut pas emmerder sa famille...

Jean-Pierre tente machinalement de remettre en place la poignée tout en bafouillant :

— Je n'ai pas voulu dire ça !

— C'est dit, pourtant ! fait Adrien en balayant devant son père à grands coups de canne, comme s'il tenait, en amplifiant son geste, à rappeler qu'il est considérablement handicapé...

Sa mère et son petit frère s'écartent sur son passage. Sur un ton très sarcastique, il lance :

— On se pousse ! On laisse passer !

Oscar vient se frotter un peu vivement à ses jambes et manque le renverser.

— Allez, viens, le chien d'aveugle ! Fais ton boulot : guide-moi !

À l'arrière de la voiture, Adrien vient coller son front sur la vitre. Il aime ce contact humide, glacé sur sa peau. Il connaît le paysage qui défile. Il l'a souvent observé avant de perdre la vue, au cours de ces promenades dominicales en forêt de Fontainebleau, que son père a toujours choisi de rejoindre par les nationales, plus calmes, plus pittoresques. L'adolescent se rappelle les sorties de banlieues, avec les pavillons de bric et de broc, les jardins tirés au cordeau ou en friche. Très vite vient la campagne, les rideaux d'arbres qui défilent, les premiers ruisseaux, les maisons rurales. La voiture dévore le paysage. Le jeune garçon devine les chemins sillonnés d'ornières qui s'enfuient jusqu'au passage à niveau sur lequel tressaute l'automobile. À peine le temps, pour Adrien, de faire surgir dans sa mémoire la silhouette d'une garde-barrière, et c'est déjà le clocher d'un petit village qui apparaît derrière une colline boisée. Il devine encore çà et là des champs noirs et verts envahis d'eau laiteuse. Quelques secondes plus tard, il revoit cette décharge étalant ses carcasses de voitures enchevêtrées derrière un cimetière abondamment fleuri qui fait une magnifique tache de lumière dans ce décor de ferraille plutôt désolé. Adrien aime se laisser engourdir par le chuintement des pneus sur l'asphalte et par le frôlement du vent sur la carrosserie. Il perçoit là comme une musique. Les sons glissent, vibrent et invitent à la rêverie. Si, pour lui, chaque déplacement est un problème, en voiture il se sent protégé. Il est maintenant trop grand pour conduire sur les genoux de son père. Plus jeune, il lui arrivait de se glisser entre le volant et l'adulte qui l'initiait, malgré sa cécité, aux rudiments de la conduite sur un parking désert.

Près d'Adrien, Oscar s'est confortablement installé. Jordan joue avec un *game-boy*. Le tic-tac lancinant des boutons de commande finit par énerver l'adolescent, qui s'emporte :

— Arrête avec ce truc débile !

L'enfant fait comme s'il n'avait pas entendu et poursuit sa partie. L'aîné lui arrache le jeu et le glisse sous ses fesses avec autorité.

— T'es con ou quoi ? Rends-le-moi ! hurle le petit frère, qui cherche des yeux l'approbation de sa mère.

Laure se retourne, pose une main apaisante sur le bras d'Adrien et dit d'une voix très calme, pour éviter un nouveau conflit :

— Sois gentil, fais pas d'histoire, laisse-le finir sa partie...

L'adolescent hausse les épaules.

— Il va se rendre idiot, ce môme, avec ce truc !

Dans le rétroviseur, Jean-Pierre observe sporadiquement Adrien, qui s'est réfugié contre la vitre. Depuis un long moment, regrettant ses paroles lors de la dispute, il cherche à rétablir le contact avec son aîné. Il allume une cigarette, tousse pour s'éclaircir la voix et dit enfin, en faisant un gros effort sur lui-même :

— Je m'en veux, Adrien, de t'avoir blessé.

Il a bien tourné dix fois la phrase dans sa tête avant de se décider à parler. L'adolescent ne bouge pas. Il sait pourtant que son père attend une réaction. Il voudrait bien dire quelque chose, mais les mots ne viennent pas. Il sent le regard qui le scrute dans le rétroviseur et, au fond, il est heureux de l'attitude de son père. Jean-Pierre se retourne à demi sans perdre de vue la route qui défile et finit par dire, d'une voix rocailleuse :

— Oui..., excuse-moi, je ne voulais pas dire ça. Je n'en pensais pas un mot.

Replié sur la banquette, Adrien se concentre davantage, mais il est dans l'incapacité de répondre. Il parvient enfin à murmurer d'une voix sourde, le visage empourpré :

— C'est pas grave..., j'ai oublié.

Mais le ton sur lequel il vient de parler manque de conviction. En réalité, il aurait aimé oublier, mais il n'y parvient pas, comme toujours quand on fait allusion à son handicap. Chaque jour, sa cécité lui pèse davantage. Il interprète même toute marque d'attention ou d'affection comme de la pitié et éprouve de plus en plus l'envie de se cacher. Sans cesse, il dit, à qui veut l'entendre :

— Un aveugle, ça fait peur. C'est moche, on nous prend pour des débiles.

La famille passe deux bonnes heures dans les grandes allées odorantes de la forêt. Adrien, une main posée sur l'épaule de son père et l'autre accrochée à la laisse du chien, se laisse guider en silence. Son petit frère lui propose d'escalader des rochers, l'adolescent refuse en prétextant qu'il connaît ses limites et qu'il ne tient pas à se casser la gueule. Il ne résiste cependant pas très longtemps aux suggestions de la nature environnante, et sa mauvaise humeur se dissipe très vite sous les frondaisons printanières. Dans ces moments-là, Adrien a l'impression d'avoir deux têtes : une pour la révolte et la colère, l'autre pour l'amour. L'amour de la musique, de Samira, de sa famille et de la nature. Aussi s'emplit-il profondément des fragrances boisées, des frémissements des feuillages encore couverts d'une rosée lumineuse.

— Chut ! fait-il soudain. Ne faisons pas trop de vacarme...

Le jeune aveugle aime entendre ses pas sur le tapis de feuilles rouges macérées de l'automne dernier qui portent encore des odeurs âcres, poussiéreuses, viciées presque.

— Vous sentez ? demande-t-il avec une sorte de recueillement.

— Ça explose de partout, répond son père.

Les brindilles qui craquent, les fougères qui frôlent les jambes, l'écorce rugueuse des arbres à peine effleurée, le vent qui brasse pêle-mêle les branches des frênes et des bouleaux, les chemins tortueux, caillouteux, bordés de fossés remplis d'eau putride, les exhalaisons végétales... tout ce qui l'entoure ramène la vie en lui et lui fait oublier sa cécité. Il marche comme ivre de lumière et du chant des oiseaux qui se répondent confusément d'une extrémité à l'autre de la forêt. Il agrippe plus fermement l'épaule de son père et dit, d'une voix couverte par l'émotion :

— Tu avais raison, ça fait du bien tout ça...

Il marque un temps, se baisse pour ramasser une branche morte qui crisse sous son pied et demande à l'adulte.

— Tu sais ce qu'il disait, Lamartine ?

— Non...

— Il disait : « La nature est là qui t'invite et qui t'aime... »

À peine rentré chez lui, Adrien s'est précipité dans sa chambre et a repris son violon. Il a longuement répété le même morceau, une sonate de Mozart. Son père s'est servi plusieurs apéritifs avant le repas. Une fois de plus, Laure lui a fait observer, d'une voix qui marquait son inquiétude :

— Ce n'est plus possible... Il faut que tu arrêtes de boire ainsi..., tu vas devenir dépendant.

Jean-Pierre a répondu avec son habituel geste vague et a bafouillé, les yeux injectés :

— Aucune importance...

Adrien a également remarqué, sans faire de commentaires, les effluves d'alcool qui accompagnent l'adulte depuis quelque temps... L'adolescent sait entrer dans une pièce sans faire de bruit, et c'est souvent qu'il devine la présence de son père dans le salon au son des verres et des bouteilles qui s'entrechoquent légèrement. Il l'a même senti titubant. Il a lancé alors, sur un ton cinglant :

— C'est moi l'aveugle et c'est toi qui te cognes à tous les meubles !

— Occupe-toi de tes affaires ! a répliqué Jean-Pierre en sortant de la pièce.

6.

Les larmes sont venues avec l'orage, qui a tourné un long moment dans le ciel noir avant de déchirer la nuit d'un long éclair blanc qui a donné aux cyprès du jardin des silhouettes fantomatiques. Maintenant, de grosses gouttes de pluie forment des agates laiteuses sur la terrasse. Elles éclatent les unes derrière les autres comme des bulles de savon. Le lampadaire devant la maison est resté allumé, et des rafales de vent rageur le font vibrer en déployant des flammes de lumière sur les automobiles en stationnement.

L'orage gronde, mais ce n'est pas à cause de cela que le garçon pleure. Adrien n'a jamais eu peur de l'orage. Il vient de se réveiller en larmes après un rêve. Le cœur serré, recroquevillé dans son lit, il ne parvient pas à retenir les sanglots qui le secouent. Ses lèvres tremblent. Ses mains sont crispées sur son oreiller. Il tend désespérément la tête vers le vélux au-dessus de lui, comme s'il attendait de cette pluie qui martèle la vitre un réconfort, une espérance. Son visage a une étrange expression de souffrance. Son pyjama est trempé de sueur et pourtant il frissonne. Elle fait si mal en lui, cette douleur qui l'oppresse, l'angoisse, lui donne envie de vomir. Il sait qu'elle n'a pas de nom, qu'aucun médecin ne peut la guérir... Il sait que personne ne peut rien pour lui. Cette angoisse qui surgit ainsi en pleine nuit, qui l'affaiblit et le désespère, c'est la conscience violente de la cécité définitive.

Adrien a souvent le sentiment de vivre avec un double de lui-même. Il y a en lui un jeune garçon vif, combatif, révolté, qui sait maîtriser son handicap, particulièrement à l'internat, et un enfant fragile, blessé, qui ne parvient pas à vivre en aveugle. À cet instant, il se sent terriblement petit et malheureux. Rien ne peut arrêter ses larmes et le claquement de ses mâchoires. Sa mère le trouve roulé en position fœtale sous les draps de son lit.

Il ne l'a pas entendue entrer dans sa chambre. Elle le soulève à demi, le serre contre sa poitrine et murmure :

— Mon petit, mon petit, calme-toi...

Elle lui caresse le front, les cheveux, et répète avec douceur :

— Je suis là... je suis là.

Adrien reprend sa respiration et libère un nouveau flot de larmes.

— Tu as fait un cauchemar ?

Il ne répond pas. Elle murmure encore, avec infiniment de tendresse :

— C'est fini... ne te tourmente plus...

Un pli soucieux marque son front. Elle respire

profondément pour éviter de livrer sa propre inquiétude. Adrien laisse échapper un dernier hoquet, et tente de se reprendre pour dissiper tout ce qui reste en lui des chagrins de la petite enfance. Il s'écarte légèrement, essuie son visage d'un revers de main, tourne la tête vers la porte de sa chambre et dit, le visage assombri, en retrouvant sa voix d'adolescent :

— J'ai rêvé que je voyais à nouveau, maman. Je te revoyais... papa et Jordan aussi... On se baladait en Bretagne. La mer était magnifique. Je ramassais des ajoncs... je courais sur le sentier côtier... je me baignais. L'eau était émeraude, les vagues me renversaient, on riait... on riait tellement.

Adrien parle vite, fiévreusement. Il se redresse et ajoute :

— Il y avait Samira dans mon rêve. Je la voyais enfin avec ses cheveux noirs et son beau visage de petite madone...

L'adolescent marque un temps, retient ses larmes, pose ses deux mains à plat sur son visage, qu'il tâte du bout des doigts, et poursuit d'une voix fatiguée :

— Et puis, je me suis vu dans une glace, ça m'a fait pleurer... je me trouvais plutôt mignon...

Sa mère le coupe aussitôt en lui saisissant le bras :

— Mais tu es mignon !

Avec un petit rire de dépit, Adrien réplique :

— Toutes les mères disent ça à leur enfant... Tu imagines l'une d'elles disant à son gamin : Tu es moche, mon garçon !

Un violent coup de tonnerre couvre sa voix. La pluie redouble. Des odeurs de terre mouillée se glissent à l'intérieur de la pièce. Le jardin est inondé et l'eau ruisselle dans la rue, plongée dans le noir depuis un moment.

— Je suis venue à toi dans l'obscurité, explique Laure. Je comprends bien ce que tu peux ressentir... Souvent, je me déplace les yeux fermés pour me rendre compte de tes difficultés. Parfois, papa le fait aussi...

— Vous ne pouvez pas comprendre ! tranche sèchement le jeune garçon. C'est pas possible !

Un éclair illumine la chambre et oblige la mère d'Adrien à porter la main à ses paupières. Le fracas du tonnerre fait vibrer les vitres. L'adolescent reprend, d'une voix retenue :

— Vous pouvez rouvrir les yeux quand vous le souhaitez... Moi, je dois être tout le temps concentré, tendu... Ça m'épuise, tu comprends ?

Il marque un silence, puis ajoute, d'un ton qui en dit beaucoup sur sa détresse :

— J'en ai marre, maman, d'être aveugle ! Je n'en peux plus... Je préfère mourir !

Elle lui saisit les mains, qu'elle embrasse l'une après l'autre. Elle ne sait que dire pour venir en aide à son enfant, qui ajoute, la voix cassée :

— Ça me fait trop mal. Avant, je n'avais mal que dans ma tête, maintenant c'est dans tout mon corps... Je suis fatigué de marcher sans cesse bras tendus, avec la peur continuelle de me heurter à quelque chose, à quelqu'un. C'est trop dur...

Des sanglots remontent dans sa gorge.

— Je donnerais ma vie pour revoir, ne serait-ce qu'une journée !

L'orage cesse soudainement de gronder. C'est à peine si l'on entend encore quelques gouttes de pluie frappant le vélux. Adrien laisse échapper un gros soupir avant d'enfouir sa tête dans l'oreiller.

— Est-ce qu'on peut avoir encore le désir de vivre quand on est aveugle ? Ça va être quoi, ma vie, maman ? Qui peut s'intéresser à moi ? Tant que vous êtes là, je suis protégé, mais plus tard je serai seul...

Sa mère le saisit par les épaules, l'oblige à lui faire face.

— Je voudrais vous revoir, reprend Adrien. Je voudrais revoir Jordan, le jardin, la maison, et tout ce qui a changé depuis mon accident.

La mère relève la tête de son enfant et fait courir ses doigts sur son visage :

— On sera toujours là, ne t'inquiète pas, on n'a pas changé, Adrien... Jordan a grandi... Toi, tu es un beau garçon, je te le jure ! Ton nez est droit, tes pommettes sont hautes, et ta bouche est sensuelle. Tu plairas aux filles, ne t'inquiète pas...

Le visage de plus en plus sombre, Adrien répond presque avec colère :

— Je plairai aux bigleuses, ouais ! Les autres, elles m'envoient chier ! Ça leur fout la trouille, un aveugle !

Peu à peu, la nuit, la fatigue, le sommeil finissent par l'emporter sur la résistance de l'adolescent.

Fiévreux, il finit par s'endormir. Sa mère le veille jusqu'au matin, attentive à chacun de ses soupirs.

— Je ne vois pas d'angine ni de grippe. Apparemment, il n'y a pas de virus...

Le vieux médecin examine longuement Adrien, qui a remonté la veste de son pyjama à rayures bleues et blanches jusqu'au-dessus des omoplates. Assis sur le lit, il pousse de gros soupirs que le médecin écoute en posant son oreille sur un grand mouchoir qui fait écran entre lui et le dos du garçon. « C'est un docteur à l'ancienne, se dit l'adolescent. Il s'est à peine servi de son stéthoscope. »

L'homme passe ses doigts sur les côtes très apparentes du jeune garçon, comme s'il touchait les cordes d'une harpe. Il le trouve un peu trop osseux, et pâle. Il prescrit des vitamines en concluant, d'une voix qu'il veut rendre rassurante :

— C'est la poussée de l'adolescence, tu n'y coupes pas, comme les autres de ton âge. Ça ira mieux dans une huitaine... Mais il va falloir mettre un peu de chair autour de ces baleines de parapluie...

Il pince les côtes d'Adrien entre le pouce et l'index, puis il observe ses prothèses oculaires et absorbe avec une compresse le léger écoulement qui suinte sur le bord des paupières. D'une voix douce, il demande :

— Elles ne te font pas mal ? Elles ne te gênent pas ?

Adrien fait non de la tête. Le docteur passe une main affectueuse dans ses cheveux. Le garçon a un mouvement de recul. Il est clair qu'il vient d'interpréter le geste du vieux monsieur comme une marque de pitié. L'homme s'éloigne dans la chambre. Il enjambe Oscar, qui est resté au pied du lit. Le chien pousse un grognement paresseux.

Adrien entend le robinet du cabinet de toilette qui coule longuement en sifflant. Le docteur n'en finit plus de se savonner les mains. Un coup de butoir dans la tuyauterie indique enfin qu'il a chassé avec détermination tous les microbes qui auraient pu s'incruster sous ses ongles et dans les pores de sa peau. À l'odeur de lavande qui court soudainement dans la chambre, l'adolescent sait maintenant que le médecin s'essuie les mains avec une serviette de toilette que Laure est allée cueillir sur une des étagères de la grande armoire. L'homme se tourne à demi vers Adrien et murmure à sa mère :

— Ça ne doit pas être tous les jours facile pour lui...

Elle lui répond par un petit sourire triste et demande, comme si elle souhaitait couper court à la discussion :

— Je vous dois combien, docteur ?

L'homme revient vers le malade, qui laisse échapper en bougonnant :

— J'aime pas qu'on me plaigne, c'est nul !

Il se glisse sous la couverture, remonte le drap sous son menton et ajoute, en prenant Oscar à témoin :

— Je suis différent, c'est tout ! Hein, le chien ?

— Je ne te plains pas, mon garçon, fait le médecin, embarrassé, en repliant son carnet d'ordonnances dans sa serviette râpée qui ressemble à un cartable de vieil écolier.

Puis, voulant donner l'impression de rechercher une complicité d'homme à homme, il poursuit, en riant légèrement sous cape :

— Avec la sale petite mine que tu as, j'espère que tu ne te touches pas trop !

— Juste ce qu'il faut pour ne pas perdre la main ! réplique Adrien avec la suffisance de celui qui a de la repartie.

Le vieux docteur lui fait un clin d'œil amical au moment où Laure revient dans la pièce. Elle les regarde, intriguée.

Une semaine vient de s'écouler. Adrien ne parvient pas à se libérer de cette fièvre qui remonte tous les soirs. C'est à peine s'il fait l'effort de boire le bouillon chaud que lui prépare sa mère. La soupe laisse dans toutes les pièces une odeur forte de légumes et des traces épaisses de vapeur qui stagnent sur les vitres de la cuisine et sur lesquelles l'adolescent dessine de mémoire des visages lunaires et des étoiles.

Des cernes mauves lui allongent les traits. Dans la maison, il donne l'impression de perdre ses repères. Ses déplacements sont imprécis. Il s'est engourdi, porte sans cesse son avant-bras devant lui dans un réflexe de protection, et vit dans la hantise de heurter un mur, une porte. Il a maigri et ne cherche pas à dissimuler sa mélancolie.

Pour tenter de rassurer sa mère, il explique :

— Je suis victime de surmenage. J'ai fait tout trop vite : la musique, l'apprentissage du braille, les cours de locomotion... Alors je régresse un peu... C'est un mauvais moment, ça va passer...

Il se dit parfois qu'il devrait se secouer, mais il ne parvient pas à se défaire de sa morosité. Dans la journée, quand il fait l'effort de se lever, c'est pour rejoindre l'un des fauteuils du salon où il se laisse choir avec la lassitude d'un vieillard. La télécommande dans la main, il absorbe pêle-mêle tous les feuilletons qu'il qualifie de « plus débiles les uns que les autres ! » Laure lui suggère sans cesse de se remettre au violon. L'air ailleurs, il répond systématiquement :

— Je n'ai pas la force, maman... Plus tard, ça reviendra... Et puis j'ai mal au bout des doigts, je te jure... Laisse-moi.

Étranger à tout ce qui l'entoure, il ne prête plus qu'une attention relative aux bruits qui l'environnent. C'est pourtant par les sons qu'il perçoit la vie de la maisonnée. Il semble insensible aux allées et venues de sa mère dans la pièce, qu'il identifie généralement par le frôlement de sa robe contre un meuble ou un fauteuil. Il ne remarque pas le retour de l'école de Jordan, qui tente gentiment de le sortir de sa torpeur. Il est là, tout près, le gamin, dans l'entrée, un skateboard dans les bras. Vif et enthousiaste, le petit lance, en accrochant le bras de son aîné :

— Tu as vu ma nouvelle planche ? Tâte-la un peu, tu vas m'en dire des nouvelles ! Ça va foncer, mon pote... On peut y monter à deux, si tu veux !

L'adolescent fait non de la tête.

— J'ai plus l'âge, dit-il avec une grande indolence.

Son apathie n'échappe pas au petit Jordan.

— Faut te bouger le cul, vieux ! Tu fais pépé dans ton fauteuil, avec ta télécommande de taré en permanence dans les mains !

Adrien ne répond pas. Il saisit le skateboard de son frère. Lentement d'abord, puis de plus en plus scrupuleusement, ses doigts auscultent la planche à roulettes. Presque malgré lui, comme des tentacules, ils se déploient avec une étonnante vivacité. Ils enserrent l'objet, le caressent, le pressent, en éprouvent la solidité, l'épaisseur. Le jeune non-voyant fait courir son index sur l'arête du skate, particulièrement incurvé à son extrémité, et donne l'impression de retrouver toute l'efficacité de son toucher. Il est extrêmement concentré. Ses mouvements sont de plus en plus précis. Une expression de plaisir se lit progressivement sur son visage. Il porte la planche au niveau de son nez, la renifle, sort sa langue, lèche la partie vernie sur le côté, reprend sa lecture tactile de l'objet, palpe à pleines mains les roulements à billes caoutchoutés, en mesure la largeur entre le pouce et le majeur, promène la paume de sa main droite sur la partie plate et lisse de l'engin... Enfin il dit à son frère, d'une voix pâteuse, comme s'il sortait d'un long sommeil :

— Ouais, c'est un bolide ! Tu vas te ramasser la gueule, fais gaffe. Un bigleux à la maison, ça suffit !

— Arrête de dire des conneries et viens avec moi !

— Non, fait Adrien avec détermination. Je vais me remettre au violon...

À force de concentration, Adrien a fini par deviner que le chant régulier du merle venait du pignon de la maison voisine. Il a entrouvert la fenêtre. Une bouffée d'herbe mouillée est remontée du jardin. Il a glissé son instrument sous le menton et a commencé par donner deux petits coups d'archet très légers. L'oiseau s'est tu et s'est envolé de trois coups d'ailes vers le prunus aux fleurs roses.

Maintenant, Adrien est à l'affût du bruissement des feuilles dans les branches et de tous les petits piaillements des passereaux et autres mésanges qui, en cette fin de journée, s'interpellent bruyamment dans les jardins voisins. Seul un rossignol dissimulé quelque part dans une futaie en bordure de l'étang s'applique à donner à son chant une grande rigueur mélodique. « Il entend se distinguer dans la cacophonie de ses copains », se dit Adrien.

Mais le merle, moins lointain, tient à rappeler sa présence. Il redonne de la gorge avec un bel enthousiasme. Le jeune musicien effleure les cordes de son violon. L'oiseau se tait et revient se poser sur le même pignon, comme s'il souhaitait se mettre à l'écoute de la musique s'échappant de l'instrument. Adrien cesse de jouer. L'oiseau poursuit aussitôt son chant avec vivacité. Bientôt, à bout de souffle, il s'interrompt en clignant des yeux frénétiquement. Le garçon prend le relais.

L'échange s'effectue ainsi durant un long moment. On ne saurait dire s'il est le fait du hasard ou si quelque chose de mystérieux, d'inexplicable s'est établi entre l'oiseau et l'adolescent.

Subitement, une expression de gaieté apparaît sur le visage d'Adrien, qui reprend un peu de couleur. Bousculé par son petit frère et sollicité par la nature qui déploie son exubérance, il a été contraint à réagir. Il reprend son instrument et joue de plus belle l'adagio du *Concerto n° 4 pour violon* de Mozart. Dès les premières notes il est emporté par la musique. Ses mains ne tâtonnent pas un seul instant. D'emblée ses doigts se posent avec virtuosité sur les cordes. Sa joue caresse l'instrument, lisse et frais comme la peau d'une fille. Au rez-de-chaussée, surprise, Laure cesse toute activité. Elle espérait tant les retrouvailles de son fils avec la musique.

Sa joie est de courte durée. Elle entend la porte d'entrée claquer violemment et le bruit mat du pot de fleurs, posé sur la petite table ronde du vestibule, renversé en même temps que le téléphone... Son mari vient d'arriver. Au ton de sa voix, elle comprend immédiatement qu'il n'est pas dans son état normal. Elle sort de la cuisine et lance, sans lui laisser le moindre répit :

— Tu as bu, Jean-Pierre !

L'homme ne cherche pas à masquer son état. Il ne titube pas. Il sait sauvegarder les apparences, mais la tristesse de son regard, le tremblement de ses mains, les clignements précipités de ses paupières sont autant d'indices.

— Oui, j'ai bu, répond-il avec un air d'enfant pris en faute.

Il marque un temps et ajoute :

— Je me suis pris les pieds dans le fil du téléphone, et ce n'est pas le plus grave...

Au premier étage, la musique a cessé. Adrien a peut-être entendu la porte d'entrée se refermer brutalement. Un grand silence s'est installé dans la maison. Enfin Jean-Pierre reprend :

— Oui... le plus grave...

Il hésite encore et lâche :

— Le plus grave, c'est que je suis viré ! Je n'ai plus de boulot...

Sa femme reste sans réaction. Il ajoute, en cherchant une attitude pour dissimuler son embarras :

— Je ne vaux plus rien ! Moi aussi maintenant je suis un handicapé... un handicapé social ! Un de plus, quoi !

— Mais pourquoi ? murmure Laure.

Elle s'appuie d'une main au dossier d'un fauteuil.

— Pas assez rentable... compression de personnel... comme partout !

Il ne peut avouer que son employeur a également remarqué sa relation excessive à l'alcool. Il se laisse tomber sur une chaise dans le couloir, bras ballants entre les jambes, sa tête dodeline en un mouvement d'impuissance. Sa femme pose une main sur son épaule. Il s'écarte.

— Laisse-moi..., je ne te mérite pas ! dit-il en se relevant pour aller s'affaler un peu plus loin, dans le grand canapé du salon, devant la télévision qu'il allume d'un geste machinal.

Sans regarder sa femme, il ajoute, sur un ton qui dissimule mal sa colère :

— Tu as tout sur les bras maintenant... Un enfant aveugle et un mari chômeur et alcoolique !

Le couple n'a pas entendu leur fils descendre les escaliers. Adrien est sur le pas de la porte. Il a compris toute la gravité de la situation et voudrait pouvoir aider son père, lui parler, lui témoigner son affection, mais à son tour il se sent plein de révolte. Il cherche d'une main le guéridon sur lequel il veut s'appuyer avant de lancer, rageur :

— L'aveugle, vous ne l'aurez pas sur les bras bien longtemps ! Je retourne à l'internat dès demain, et c'est pas la peine de compter sur moi à la fin de la semaine ! Je serai aussi bien là-bas...

— Adrien ! Tu es fou de dire ça ! hurle sa mère avant d'éclater en sanglots.

Son père fait l'effort de se lever, tend les bras vers son fils qu'il veut retenir, mais l'adolescent quitte la pièce brutalement, renversant le guéridon et se cognant violemment le front contre la porte. Malgré la douleur, il rejoint sa chambre en remontant les escaliers deux à deux. Oscar s'est lancé derrière lui comme pour lui manifester son amitié. Mais le garçon tire le verrou. Le chien gratte la porte de plusieurs coups de patte et s'allonge en gémissant devant l'ingratitude de son jeune maître.

Adrien reprend son violon. Il attaque l'andante cantabile du concerto de Mozart. Il fait glisser nerveusement ses doigts sur les cordes. L'archet semble flotter dans l'air confiné de la pièce.

Le violon vissé sous son menton est comme un prolongement de l'adolescent. Ses traits expriment une vraie jubilation. La musique est en lui. C'est son souffle qui lui permet de transcender sa cécité. Par la force de l'œuvre qu'il interprète et par la force de son imagination, Adrien voit de nouveau. C'est d'abord un paysage champêtre qui s'impose à lui. Il court dans les herbes hautes, fait des bouquets de fougères et de fleurs de chardon, étreint le tronc d'un chêne dodu, pose sa joue sur l'écorce odorante, striée de mousse qu'il recueille de la pointe de l'index, lève la tête vers le ciel et découvre à travers les branches tortueuses les voiles de nuages qui filent à grande vitesse vers la mer. Souvenirs de vacances qui surgissent pêle-mêle sous l'effet de l'excitation musicale.

Puis il retrouve le visage de Samira tout proche du sien. Les deux enfants se touchent passionnément ; à pleines mains, pour mieux identifier leurs traits, pour mieux apprendre à se connaître. Tout d'elle se tend vers lui. Emporté par l'émoi musical, il l'enserre, il l'embrasse presque avec violence à ce moment où l'archet attaque les cordes avec plus de vigueur. De nouvelles notes, et c'est un autre lieu qui apparaît. Le voici, cette fois, au bord de l'océan qui n'en finit plus de gonfler ses vagues blanches. Cheveux au vent, il happe les embruns de la côte sauvage, emplit ses poches de petites feuilles d'ardoise qu'il arrache aux murets bordant le sentier côtier. Un nouveau mouvement de l'archet, et voici une petite place parisienne sur laquelle deux jeunes gens jonglent avec des quilles couleur argent, entre deux bancs publics souillés de chiures de pigeons. Leurs ombres se dessinent sur les façades. Adrien se rappelle encore les devantures des petits commerçants, ensoleillées, briquetées. Il revoit la petite boutique du tailleur, celles du relieur et de la marchande de thé. De nouvelles notes l'enveloppent de douceur, de lumières safranées et chaudes au bord d'une rivière aux murmures rieurs. Il marche les pieds nus, caressés par le lit de graviers frais, polis comme des pierres précieuses, sur lesquelles il déambule, le pantalon retroussé à mi-mollets, dans la clarté blessante d'un soleil d'été. Adrien achève le dernier mouvement du concerto. Il voit, dans la cour d'une ferme, une petite fille. Elle joue avec un chien, qui tente de lui arracher un bâton qu'elle tient fermement. L'animal dressé sur ses pattes arrière jappe, tandis que la fillette aux longs cheveux blonds crie à tue-tête :

— Tire ! Tire, Billy.

Un coup de vent soulève un nuage de poussière et efface la scène. Une dernière note résonne dans la pièce ; son écho perdure un long moment. L'adolescent est inondé de transpiration. Il repose son violon. Ses mains tremblent. Dehors, la nuit enveloppe peu à peu la maison et le jardin. Au faîte du prunus, le merle piaille à gorge déployée sans pouvoir se faire entendre du jeune non-voyant. On frappe à la porte de la chambre. Adrien ne répond pas. Des pas s'éloignent. L'adolescent se dirige vers la seule étagère murale de la pièce. Il saisit un livre en braille et le décrypte aussitôt. Ses doigts courent fébrilement sur la page gaufrée de petits points ronds.

— « Les hommes, dit le Petit Prince, ils s'enfournent dans les rapides, mais ils ne savent pas ce qu'ils cherchent. Alors ils s'agitent et tournent en rond... »

Adrien interrompt sa lecture, saisit une couverture dans laquelle il s'enveloppe, reprend son livre, se laisse glisser le long du mur, et allume par habitude sa lampe de chevet. Elle brûle jusqu'au petit matin...

7.

Le jeune aveugle ne prête pas une grande attention à Jeannot le taxi, qui sifflote au volant de sa voiture en le ramenant à l'internat. La casquette irlandaise vissée sur la tête, fort en bras et en gueule, l'homme est jovial, un pur Parisien qui se donne des airs à la Gabin. Il a du culot, Jeannot. Rien ne l'arrête. Il a avoué à Adrien que, frappé une fois par la beauté d'une cliente, il s'est retourné et lui a lancé un langoureux et bouillant : « T'as de beaux yeux, tu sais... »

Il n'a pas raconté la fin de l'histoire. Il a oublié de dire que la cliente était descendue au premier feu rouge.

En conduisant, il pousse sans cesse la chansonnette... la chansonnette d'une autre époque. Mais le jeune aveugle connaît bien son répertoire, car Jeannot est son chauffeur attitré depuis plus de trois ans. Généralement, quand il en a fini avec « Vous qui passez sans me voir », le succès d'avant-guerre de Jean Sablon, il enchaîne régulièrement avec « À bicyclette », d'Yves Montand. Recroquevillé sur la banquette, comme s'il refusait de sortir du sommeil, Adrien se risque à demander, un brin moqueur :

— Tu ne connais pas de chanteurs du Top 50, par hasard ? T'es ringard, Jeannot !

L'homme se retourne un bref instant et lance, péremptoire :

— La chanson, mon vieux, la vraie, elle s'est arrêtée à Piaf et à Montand !

Il marque un temps, jette un nouveau coup d'œil dans le rétroviseur et poursuit :

— Si tu veux, tu peux ajouter Aznavour, Brel, Brassens, Ferrat. Après, basta, c'est fini ! Plus personne pour prendre la relève, ça, j'en suis persuadé...

D'un geste vif, il tire des deux doigts sur le bout de sa casquette, comme pour indiquer qu'il n'est pas question de le contredire. Il sort de la boîte à gants un paquet de chewing-gum, qu'il offre au jeune aveugle.

— Et Cabrel, alors ? objecte Adrien en se redressant légèrement pour saisir une dragée mentholée.

Le chauffeur fait un geste vague de la main et répond, narquois :

— Ne me fais pas rigoler, tu veux !

L'adolescent se glisse entre les deux sièges avant et pose les bras sur les appuis-tête. Il mâchonne bruyamment son chewing-gum.

— Patricia Kaas..., je dis pas non !

— Tu ne dis pas non à quoi ? À sa voix ou à autre chose ?

— Aux deux ! répond le chauffeur avec un éclat de rire.

Au moment où le véhicule est arrêté à un feu rouge, du côté de la gare Montparnasse, il se retourne légèrement et interroge, le front plissé, avec un air faussement grave :

— Et toi, alors, t'en es où ? Tu lui as porté l'estocade, à ta copine, ou pas ?

Adrien hausse les épaules, se replie au fond de la banquette et réagit vivement :

— Ça va pas, non ? Elle est trop jeune...

Jeannot donne deux coups de klaxon, lance un délicat « Regarde-moi ce con ! » et ajoute :

— Tu veux que je te dise : faut t'en trouver une vieille, alors. T'es peut-être aveugle, mais t'es pas manchot, hein ? Tu sais, mon vieux, des coups d'épée il faut en donner tant qu'on est jeune.

Il joint le geste à la parole en frappant du plat de la main sur le volant et poursuit plus calmement :

— À ton âge, je te dis pas les coups de banderille que je donnais partout... Ne perds pas ton temps, mon garçon !

Adrien se force à sourire, puis son visage se referme subitement. Jeannot l'observe à la dérobée. Il redoute la réponse de l'adolescent. Il le connaît bien. Il sait sa force, sa volonté, mais il perçoit aussi ses manques, ses fragilités, ses peurs. Il cherche aussitôt à lui donner confiance. À son tour, il hausse les épaules et ajoute :

— Arrête donc de penser à des conneries, tu veux bien... T'es plutôt beau garçon, tu te fais homme, mon vieux ! Elles feront comme toi, les filles : elles fermeront les yeux quand elles seront dans tes bras... Et puis, tu sais, elles sont nombreuses, les femmes qui font l'amour dans le noir !

Jeannot fait un clin d'œil à Adrien. Il oublie souvent que ce dernier ne peut voir ou tout deviner de ses attitudes et de ses gestes.

— À quatorze ans, il y a longtemps que je n'étais plus puceau, moi !

Le jeune aveugle sourit. Jeannot l'amuse avec son franc-parler, son côté gros nounours chaleureux. Il aime leur complicité et apprécie par-dessus tout que le chauffeur ne lui manifeste jamais la moindre pitié. Sifflotant un petit air, Jeannot poursuit :

— Tu la connais, celle-là ?

Il se racle la gorge et fredonne « Comme un petit coquelicot », le grand succès de Mouloudji.

Adrien l'écoute, la joue appuyée contre la vitre, tout près de lui. Il sent mieux, ainsi, les vibrations de la route, les virages, les démarrages. Jeannot sifflote et chante de sa belle voix, qu'il sait rendre tour à tour grave et infiniment douce :

— « La première fois que je l'ai vue / Elle dormait à moitié nue / Dans la lumière de l'été / Au beau milieu d'un champ de blé... »

Il marque un silence, jette un coup d'œil dans le rétroviseur et reprend :

— « Et sous son corsage blanc / Là où battait son cœur / Il y avait une fleur / Comme un coquelicot... »

Adrien se laisse bercer. Il ne perçoit plus les bruits de la circulation. Il n'entend plus que la voix de

Jeannot le taxi. Ce dernier sait que son jeune passager l'écoute avec attention. Et il y met, du cœur, dans son interprétation ! Les embouteillages peuvent grossir autour d'eux, les automobilistes peuvent s'étonner de voir cet homme chanter à son volant comme s'il était en représentation sur une scène de théâtre, qu'importe ! Jeannot ne tient pas compte de leur existence et chante pour un seul spectateur, son ami Adrien.

« C'est vrai qu'elles sont belles, ces chansons », se dit l'adolescent. Il sent sa gorge se nouer et, pour éviter que des larmes ne roulent sur ses joues, il lance :

— T'as une sacrée belle voix, Jeannot ! C'est dingue...

Ils mettent un long moment à se séparer, devant l'internat, sur le trottoir encombré de voitures, d'accompagnateurs, de jeunes non-voyants. Jeannot ouvre la porte arrière de la voiture et prend Adrien par le bras avec beaucoup de tendresse.

— Je t'emmène à l'intérieur ?

— Pas besoin, je connais bien la baraque. Passe-moi mes bagages de luxe...

L'homme ouvre le coffre du véhicule, s'empare du sac à dos qu'il glisse sur les épaules de l'adolescent et sort de la poche de son veston un paquet de cigarettes qu'il enfouit dans le blouson du pensionnaire.

— Planque ça et ne les fume pas trop vite...

Adrien fait un signe de la main et s'éloigne derrière

les grandes grilles. Bras tendus, le pas un peu moins assuré que de coutume, il s'engage légèrement à gauche, dans l'allée menant aux cuisines. Son pied heurte un petit muret qui retient un parterre de fleurs. Il comprend qu'il fait fausse route et corrige aussitôt son déplacement. Il se dirige maintenant sur sa droite, vers le grand perron qui rejoint l'entrée principale. Il retrouve là quelques camarades non voyants. Ils s'interpellent et se tapent sur l'épaule, comme tous les lycéens. Adrien reconnaît quelques odeurs et quelques bruits familiers, dont le « tac-tac » rythmé des cannes blanches sur le pavé de la cour.

Jeannot se décide à rejoindre son véhicule une fois que le jeune aveugle a disparu derrière la grande statue de Valentin Haüy. Personne ne voit que, ce matin, Jeannot le taxi a les yeux mouillés. À son volant, il se remet aussitôt à fredonner :

— « Et sous son corsage blanc / Là où battait son cœur / Il y avait une fleur / Comme un coquelicot / Mon âme... »

L'odeur d'eau de Javel, l'écho des pas sur le revêtement des dalles excessivement lustrées à la cire Abeille ne trompent pas Adrien : il a bien retrouvé le décor de l'internat, avec ses résonances de cathédrale. Il identifie sur-le-champ les vibrations des murs et des grandes fenêtres du long couloir principal, les émanations aigres des cuisines, des réfectoires, des cages d'escalier poussiéreux, celles des chiottes où le désinfectant ne réussit pas à l'emporter sur les remontées d'égouts qui s'immiscent jusque dans les douches... Rien n'a bougé.

« En une semaine d'absence, il n'y a en effet aucune raison pour que les choses changent », se dit Adrien avec philosophie.

Il vient de retrouver sa classe, avec les tables disposées en carré, et suit un cours de géographie. La dizaine d'élèves qui se trouvent là enregistre la leçon sur une sorte de boîtier métallique muni d'un clavier qui fait davantage penser au télégraphe sans fil qu'à une machine à écrire. Les jeunes aveugles impriment en relief sur une feuille de papier légèrement gaufrée les propos de leur professeur, dont la voix est souvent couverte par le « clac-clac » assourdissant de la touche qui frappe le papier.

L'air est composé d'un mélange de craie, d'haleine, de transpiration et de pets anonymes qui ont provoqué, tout à l'heure, l'hilarité générale. Le parfum du professeur, un mélange indéfinissable de lavande et de patchouli, a fini par dissiper ces fragrances particulières aux classes. C'est une femme assez élégante. Les enfants aveugles ont deviné la qualité de sa mise à la douceur du tissu de son chemisier et de la veste de son tailleur. Ils lui ont demandé de se décrire. Elle a expliqué d'une voix légèrement intimidée :

— Je suis blonde, j'ai une trentaine d'années... Je suis assez grande, je mesure un mètre soixante-dix.

Un élève l'a interrompue en lançant :

— Vous êtes jolie ?

La jeune femme a hésité avant de répondre :

— C'est difficile à dire quand on parle de soi...

— On a bien dû vous le dire ! a repris le même élève.

Les jeunes aveugles n'ont pu voir, bien évidemment, leur professeur rougir. Elle a fini par avouer :

— Oui, on me l'a dit...

L'ensemble de la classe s'est mis aussitôt à applaudir et à siffler d'admiration.

Maintenant, elle est à la table d'Adrien et lui tient la main pour réaliser, à l'aide d'une sorte de stylet à roue dentelée, l'écorce terrestre sur une feuille plastifiée.

— Là, tu as dessiné le noyau. Et comment s'appelle la partie solide de l'écorce ?

L'adolescent hésite, s'éclaircit la gorge, donne un instant l'impression d'avoir la réponse, puis baisse la tête, impuissant. Près de lui, une voix finit par chuchoter :

— La lithosphère... La lithosphère...

— On ne souffle pas, Samira ! lance le professeur avec sévérité.

Adrien, lui, n'accorde guère d'importance à la lithosphère ou à la pyrosphère dont lui parle maintenant la jeune femme. Il est plutôt très sensible à la douceur de sa main sur la sienne, qu'elle maintient fermement pour le guider dans son travail. Quand elle se penche sur lui, il sent même la lourdeur de son sein sur son épaule, et le feu lui monte aux joues. Sa cécité l'autorise à tourner la tête en tous sens, comme un jeune chien museau en l'air, et il sait que les professeurs ne s'étonnent jamais de cette attitude qui permet aux jeunes non-voyants de mieux se repérer dans l'espace. Adrien est tenté d'abuser de ce qu'il considère à cet instant comme un privilège. Il donne un premier coup de tête à gauche, puis un second plus amplifié à droite, si bien qu'il a véritablement l'impression d'avoir glissé son nez dans l'échancrure du corsage de la jeune femme. À cet endroit intime, il décèle une odeur fraîche de savonnette qui le trouble. Il a l'impression de ne plus pouvoir respirer, replonge la tête dans sa copie, et reprend son souffle, la main crispée sur son stylet.

— Soyez détendu, lui fait observer le professeur.

En réaction à cette remarque, un sourire éclôt sur les lèvres de l'adolescent. « Si elle savait comme je bande pour elle !... Il faut que j'ose encore une fois, une dernière fois... »

Il répète son manège et s'attarde plus longuement du côté droit, en se relevant légèrement pour que son épaule épouse davantage la partie la plus renflée de la poitrine de la jeune femme, qu'il devine à la fois volumineuse et ferme. Pour prime de son audace, il sent l'odeur groseillée du rouge à lèvres du professeur.

— Cessez donc de bouger dans tous les sens ! fait-elle observer avec une innocence que le jeune aveugle estime déconcertante.

Un peu plus tard, se rappelant la situation, Adrien dira : « C'était pas possible, elle savait bien qu'elle m'allumait ! Jamais une prof ne m'a filé une pareille trique. » Et il ajoutera avec nostalgie : « Elle sentait bon..., c'était super ! »

Le professeur s'éloigne maintenant vers un autre élève, en frôlant les tables. Son parfum s'envole pour laisser place à toutes ces odeurs imprégnées dans les murs, le parquet, les recoins de la classe par des centaines de générations d'élèves fâchés avec le gant de toilette et le savon. Adrien considère qu'ils ont des excuses. Pour lui, faire sa toilette dans le noir avec des sanitaires inappropriés relève de l'exploit. Malgré la vigilance des surveillants qui ne peuvent être partout à la fois, combien d'enfants non voyants, par crainte d'un mélangeur défaillant, ouvrent le robinet et se mettent sur le côté pour éviter le jet brûlant ou glacial ? Parfois l'éducateur de service tire d'un coup sec le rideau de douche et oblige le frileux, le craintif, à se glisser sous le pommeau qui asperge en tous sens, comme les arroseuses municipales.

En cette fin de journée, dans la classe de géo, l'air devient quasiment irrespirable, et Adrien n'a qu'une hâte : rejoindre les douches et procéder avant tout le monde à la toilette du soir.

Pour l'instant, le professeur interroge Frédéric, qui a cessé de faire le pitre.

— À vous. À quoi ressemble votre croûte terrestre ?

— Elle est super, on en mangerait ! répond l'adolescent en provoquant les rires de la classe.

Il tend au-dessus de sa tête la feuille de papier plastifiée qu'il agite comme un drapeau. La jeune femme se tient droite devant lui, impatiente, agacée par le comportement de l'élève.

— À seize ans, lui dit-elle sans manifester la

moindre complaisance, il est exclu pour vous de faire encore une troisième...

— Je n'ai pas eu le temps de réviser, m'dame, se défend maladroitement Frédéric.

Pour cacher son embarras, il manipule le baladeur qui est devant lui. Il joue nerveusement avec la touche « eject-stop », et finit par extraire une cassette que le professeur lui arrache des mains.

— Ce n'est pas le moment de jouer avec ça ! fait-elle, franchement exaspérée.

Après un temps de réflexion, elle poursuit :

— Je vais vous enregistrer une cassette d'un cours de géo et vous obliger à vous promener toute la journée avec le casque sur les oreilles !

Au ton de sa voix, les élèves devinent qu'elle a retrouvé son sourire. Frédéric profite de l'occasion pour lancer :

— Vouais, m'dame... Ça serait cool !

Le professeur tente de reprendre la classe en main et dit plus gravement :

— En attendant, vous êtes bien nul en géographie !

Vexé, l'adolescent fait comme s'il regardait autour de lui et ajoute, frondeur :

— Je ne suis pas le seul à être nul !

Il se tourne sur sa droite et lance :

— Toi aussi, Adrien, tu en as rien à foutre, de la lithosphère...

Adrien se lève à demi, prêt à répondre à cette nouvelle provocation, mais la sonnerie stridente du couloir retentit et ne lui laisse pas le temps de réagir davantage. Les élèves se mettent debout dans un violent bruit de chaises. Seule Samira range ses affaires calmement. Elle a des gestes plus imprécis que d'habitude. Sa main hésite sur la table, à la recherche du stylet, du compas et de la règle dont elle s'est servie tout à l'heure. Au moment où Adrien passe devant elle, elle devine sa présence, tend le bras et demande :

— On se retrouve au foyer ?

— Si tu veux..., mais je vais d'abord me doucher. J'ai l'impression de sentir le fauve et d'avoir passé mon après-midi au zoo avec des singes...

— Merci pour moi ! fait Samira en s'engageant dans la rangée qui mène à la sortie de la classe, déjà déserte.

Seul le professeur de géographie plie le matériel qui a servi au cours.

— Tu sais bien que je ne parle pas pour toi, répond Adrien en caressant la joue de la jeune fille.

L'enseignante, en sortant de la salle, aperçoit le geste affectueux d'Adrien. Elle a un petit sourire et s'éloigne discrètement.

Les doigts de l'adolescent effleurent le visage de Samira, qui détourne la tête.

— Tu es fâchée ? questionne-t-il brusquement.

— Non..., fait-elle en secouant la tête plusieurs fois.

— Triste, alors ? demande-t-il avec plus de douceur.

Elle ne répond pas.

— Il s'est passé des trucs pendant mon absence? Frédéric t'a ennuyée?

— Lui, tu sais, je m'en fous bien! Encore qu'il n'arrête pas de me draguer.

Samira ne tourne pas la tête en direction de son ami. Elle bouge le buste en tous sens comme si elle ne parvenait pas à déterminer l'emplacement précis d'Adrien. Elle tend la main vers lui, cherche dans le vide et finit par la poser à plat sur la bouche de l'adolescent, qui l'embrasse.

Il ne peut s'empêcher d'éprouver un sentiment de jalousie et ne cherche pas à le dissimuler :

— Quel con, celui-là! Il a voulu profiter de mon absence... Si je le vois rôder autour de toi, je lui casse la tête, à ce bigleux de malheur!

— C'est malin! répond Samira.

Elle avance en laissant courir sa main sur le mur du couloir. C'est un geste qu'elle n'a pas l'habitude de faire et que son ami n'a pas remarqué. Ils se déplacent l'un derrière l'autre dans le couloir du premier étage. Les odeurs de classe ont fini par se dissiper. La plupart des élèves ont rejoint les foyers pour le goûter, avant de se retrouver en salle d'études ou de musique.

— C'est pas Frédéric, le problème le plus important, dit soudain Samira.

— C'est quoi, alors?

La main de l'adolescente cherche la poignée de la porte vitrée qui donne sur le palier. Habituellement, elle ne tremble pas. Cette fois, elle ne la trouve pas du premier coup.

— Tu n'as rien remarqué d'autre, évidemment ! dit-elle, contrariée.

Adrien pose son sac à ses pieds, reste silencieux quelques secondes et avoue :

— Ben non, je n'ai rien remarqué.

— Tu n'as pas senti qu'il m'a fallu plus de temps que d'habitude pour ranger mes affaires... que je marche moins vite... et que je n'ai pas trouvé tout de suite la poignée de la porte ?

— Ben non, répète le garçon, j'ai pas senti...

À son tour, Samira dépose son sac dans le couloir, s'appuie le dos au mur et explique d'une voix lasse :

— C'est fini, mon vieux... Je ne suis plus amblyope !

— Comment ça, t'es plus amblyope ? reprend Adrien en lui saisissant la main, qu'il serre très fort.

D'une voix cassée par l'émotion, elle poursuit :

— Pendant ton absence, on m'a hospitalisée quarante-huit heures. On m'a fait un fond de l'œil, puis une angiographie et des tests électrovisuels...

— Et alors ? demande Adrien sombrement, comme s'il redoutait d'entendre la suite.

— J'ai une dégénérescence de l'épithélium des deux yeux !

Elle marque un temps, se baisse, fouille dans son sac à dos à la recherche d'un mouchoir :

— Une dégénérescence foudroyante. C'est à peine, maintenant, si je distingue les formes en pleine lumière... Pas de pot, hein ? Je suis complètement bigleuse !

Elle éclate en sanglots. Adrien la serre dans ses bras et tente de la consoler.

— Je vais t'aider... Je te jure que je vais t'aider... Ne pleure plus, ça me donne aussi envie de pleurer...

Il fouille dans ses poches pour chercher un mouchoir. Elles sont vides. Il tire alors sur une manche de sa chemise et essuie le visage de son amie avec infiniment de douceur. Il se veut rassurant et se défend de craquer devant la tristesse de Samira. Il dit, en exagérant son enthousiasme :

— C'est pas si difficile... J'ai l'air d'un bigleux, moi ?

Sans laisser à l'adolescente le temps de réagir, il répond :

— Non ! Alors, toi non plus, tu n'auras pas l'air d'une bigleuse...

Il laisse échapper un petit rire et reprend, pour appuyer sa démonstration :

— T'en connais beaucoup, des mecs comme moi capables de faire ça ?

Il s'élance en courant à toute vitesse à l'autre extrémité du couloir, s'arrête de justesse avant de heurter la porte vitée du bureau du surveillant général et revient aussi rapidement, terminant sa course par une formidable glissade, qu'il achève aux pieds de Samira. Il enlace ses chevilles, étreint ses jambes, embrasse ses genoux et lance, en pensant subitement à son ami Jeannot le taxi :

— T'as de beaux genoux, tu sais ?

Samira ne sait plus si elle doit rire ou pleurer.

— Que tu es bête... et gentil, dit-elle entre deux hoquets.

La tristesse ne s'est pas complètement effacée de son visage.

— Je ne vais plus savoir comment m'habiller, dit-elle. Je vais être moche. Je ne distingue plus les couleurs. Les filles d'ici, elles sont toujours en jean parce qu'elles ont peur de mettre une jupe qui ne s'accorderait pas avec leur pull.

Samira s'essuie les yeux, passe une main dans ses cheveux bouclés avec coquetterie et reprend :

— Bonjour le look si je me fous sur le dos un tee-shirt violet avec une robe verte ! Les filles aveugles sont toujours mal fringuées !

Des notes de musique remontent vers les deux adolescents. Un élève déchiffre les *Nocturnes* de Chopin. Adrien balaie l'air d'un geste vague et dit :

— Les couleurs, tu les devineras en les touchant... et puis, pour te fringuer, on te conseillera. Tu sais, les couleurs, c'est pas si grave ! Quand on dit que nous, les aveugles, on vit dans le noir... c'est des conneries. Ouais, des conneries... car on vit dans rien de coloré. On vit avec notre imagination. Moi je sens déjà que j'ai du mal à me souvenir du bleu ou du vert, alors que je sais bien que le vert, c'est comme l'herbe...

Samira écoute son ami attentivement, mais elle éprouve un sentiment de panique que laissent entrevoir ses mains qui tremblent. Adrien ajoute, avec le ton de celui qui a de l'expérience :

— Le plus important, c'est d'apprendre à palper, à renifler les choses et les gens. Comme nous autres, tu apprendras vite à avoir des yeux au bout des doigts.

Sa main caresse le visage de Samira. De l'index, il

fait le tour des lèvres de la jeune fille et finit par poser sa bouche sur sa bouche.

— Pas ici, murmure l'adolescente, on va se faire piquer.

— Allons au gymnase, il n'y a personne à cette heure-là.

Alors qu'ils s'apprêtent à descendre les escaliers, Samira fond en larmes encore une fois.

— Ah non ! je ne veux plus que tu pleures ! dit le jeune garçon.

Elle tente de se calmer, renifle plusieurs fois, hésite, laisse encore aller ses larmes. Faisant semblant d'être exaspéré, Adrien lance :

— Quoi encore ?

— Pendant ton absence, j'ai eu seize ans !

— Tu parles d'un drame !

— Ça veut dire quand même que je suis plus vieille que toi...

— Et alors ! Je fais beaucoup plus vieux que mon âge..., réplique Adrien avec suffisance.

Il cherche les mains de son amie en brassant l'air devant lui et finit par les saisir au moment où surgit « Face de crabe ».

— Faut pas vous gêner, tous les deux ! C'est pas le moment de traîner dans les couloirs. Allez, hop ! à l'étude, chacun de votre côté...

Il prend Samira par le bras et l'entraîne avec lui du côté du foyer des filles.

— Râpé pour le gymnase, murmure Adrien. C'est incroyable, on n'arrive jamais à être seuls tous les deux !

Il descend aussitôt les marches deux à deux, à une vitesse impressionnante. Au rez-de-chaussée, il heurte de plein fouet une enseignante chargée de livres qui, sous le choc, s'éparpillent sur le carrelage. Adrien reconnaît immédiatement à son parfum le professeur de géographie. Il balbutie, confus :

— Excusez-moi, je ne vous avais pas vue..., je veux dire, je ne vous avais pas entendue venir...

Ses mains tâtonnent à la recherche des bouquins. Elles rencontrent accidentellement celles de la jeune femme. Il en sursaute, rougit, s'excuse encore tandis que son professeur, qui n'a pas manqué de remarquer son trouble, lui dit d'une voix douce :

— Vous êtes fou, Adrien. Vous allez finir par vous casser le cou... Ça serait dommage...

Elle s'éloigne. Le jeune garçon écoute son pas. Il le trouve délicieusement léger. L'oreille tendue, il l'absorbe, le goûte, l'inscrit en lui. Son bruit sur le sol est une vibration douce, feutrée, qui lui permet d'imaginer la cambrure des jambes de la jeune femme, son déhanchement délicatement suggestif.

Assis sur la dernière marche de l'escalier, il s'interroge sur le sens du « Ça serait dommage » exprimé par son professeur. Il rumine un long moment cette réflexion sans pouvoir se décider à bouger. Il se répète qu'il fait plus vieux que son âge et qu'on a déjà vu des histoires d'amour entre élève et prof...

C'est Frédéric qui le sort de sa rêverie en le bousculant pour rejoindre une des salles d'étude.

— Alors, vieux, t'es dans la lune ou t'es sourdingue en plus ? fait l'adolescent sans ménagement.

Adrien redit doucement pour lui-même : « Ça serait dommage... »

— Pour qui ? demande Frédéric, railleur, persuadé qu'Adrien vient de lui répondre.

8.

Une serviette sur les épaules, le torse nu, Adrien sort des douches. Il porte un pantalon de pyjama rouge et tient dans une main un gant de toilette et une boîte à savon verte. Il rejoint à l'instant son dortoir aux quatre lits perpendiculaires. Il y a eu du changement pendant son absence. « Face de crabe » a estimé qu'il était nécessaire de faire tourner les groupes pour mieux permettre aux élèves de cohabiter, même sans affinité particulière. Au cours d'une réunion dans le grand foyer, il a expliqué, en se donnant beaucoup d'importance auprès des jeunes aveugles :

— Ce changement, c'est une façon de vous préparer à vivre en société. Dehors, vous serez confrontés à autre chose, à d'autres rapports. Quand on travaille dans une entreprise, on rencontre des gens avec lesquels on n'a pas forcément des points communs... Alors, ici aussi, il faut commencer à vous habituer à changer de relations, de camarades...

C'est ainsi qu'Adrien, aujourd'hui, se retrouve en

compagnie de Frédéric. En revenant des douches, il heurte le montant d'un lit et laisse échapper un tonitruant :

— Merde, ça fait mal !

— Va falloir faire connaissance avec le nouveau domaine, dit Frédéric, occupé à déplier les draps et les couvertures qui viennent d'être changés. Tout en se massant le tibia, Adrien se dirige à cloche-pied vers la fenêtre, tandis que Frédéric reprend, sur un ton très sarcastique :

— Y a un truc qui est vachement bien pour éviter aux aveugles de se casser la gueule en permanence...

— Ah oui !... fait Adrien en se retournant à demi pour marquer son indifférence aux propos tenus par son voisin de dortoir.

— Ouais, mon pote, c'est... la canne blanche. Tu en as déjà entendu parler ? Tu ne peux pas savoir comme c'est utile pour les bigleux plus bigleux que tous les bigleux...

Il saisit sa canne et s'en sert aussitôt comme un fouet, en battant l'air en tout sens.

— Arrête ton char, vieux, ne me cherche pas... On a intérêt l'un et l'autre à faire des efforts pour vivre ensemble dans cette piaule, si tu ne veux pas que ça tourne au pugilat !

Adrien sort du sac à dos qu'il a posé sur son lit ses livres de classe, qu'il dispose sur une étagère, à gauche, avec des gestes lents et précis. Il y a là quelques cassettes de romans parmi lesquels *Pêcheur d'Islande,* de Pierre Loti, et des poèmes de Paul Eluard.

Frédéric a laissé passer un peu de temps avant de répondre à la mise en garde de son voisin. Sa main palpe dans le tiroir de la petite table de nuit à la tête de son lit, d'où il extrait son couteau, ce Laguiole dont il est si fier. Il ouvre la lame, maintient le manche en corne dans sa main droite, de l'index de la main gauche tâte la pointe effilée et dit, menaçant :

— Il n'y aura pas de pugilat, j'ai ce qu'il faut pour calmer le jeu.

Aux bruits de pas d'un éducateur, il referme le couteau avec un claquement sec et le glisse dans la poche arrière de son jean.

— Il faut pas la faire claquer. Il faut la retenir, ta lame, si tu ne veux pas la bousiller.

Adrien s'étonne d'avoir parlé presque amicalement. Après un instant de réflexion, il admet qu'il s'est exprimé ainsi davantage par intérêt pour le Laguiole que pour son compagnon de dortoir. Frédéric est tout aussi surpris du ton d'Adrien. Perplexe, il quitte la chambre lentement, sans ajouter un mot. Adrien vient coller son front sur la vitre froide de la fenêtre. Il écoute les bruits de la rue qui montent pardessus les hauts murs de l'internat. Aux ronronnements des automobiles, aux coups de klaxon nerveux, aux chuintements des pneus sur les pavés, il devine qu'il y a de gros embouteillages et qu'il pleut. Dehors tombe en effet une bruine légère qui marque à peine la chaussée. Elle est assez forte cependant pour que le jeune aveugle entende de son oreille si musicale la chanson lancinante des essuie-glaces qui balaient les pare-brise avec la régularité d'un métronome.

Comme si elles étaient observées par quelque malvoyant, les silhouettes se hâtant sur le passage clouté devant l'internat sont floues et déformées dans les phares des automobiles.

Adrien entrouvre la fenêtre. L'eau semble avoir absorbé les odeurs pugnaces de la ville. En se gorgeant d'humidité, les quelques arbres de la cour et ceux qui longent l'avenue restituent des senteurs presque campagnardes. La pluie tinte comme de petites aiguilles qui piquent le carreau sur lequel l'adolescent souffle. Sur l'empreinte de buée qu'il vient de projeter, il écrit de la pointe de l'index, en lettres capitales, « SAMIRA ». Du plat de la main, il efface aussitôt le nom de sa petite amie, par crainte que l'un des surveillants ne puisse découvrir les sentiments qui le lient à l'adolescente.

Depuis son retour, quelque chose a évolué entre eux. Il y a plus d'émotion, de gravité et de trouble dans leurs relations. « J'ai de plus en plus souvent envie de la toucher, de l'étreindre, de l'embrasser, s'avoue Adrien. Et des choses comme ça, on ne peut pas les garder pour soi... Si Jeannot était là, il comprendrait, lui... »

Ici aussi, comme dans la plupart des internats, on éteint la lumière à dix heures. En tout cas, c'est ce qu'impose tous les soirs le surveillant de service.

— Extinction des feux! hurle-t-il d'un bout à l'autre du couloir en manipulant les interrupteurs alentour.

Il sait parfaitement que l'absence de lumière ne peut en aucun cas gêner les jeunes aveugles, mais c'est ainsi : une habitude qui marque le temps et les interdits après une certaine heure. Et ici comme ailleurs, les internes transgressent les règles : ont cours les traditionnelles batailles de polochons, les chahuts et autres blagues du genre lits en portefeuille, bestioles dans les draps et poil à gratter...

Très délicat, le surveillant ajoute :

— Je ne veux plus rien entendre dans la baraque... ni sous les draps !

Frédéric chuchote alors :

— Il se gêne, lui, peut-être, pour se taper des branlettes dans son cagibi... On est peut-être aveugle, mais on n'est pas sourd !

Adrien a baissé les paupières depuis un bon moment, mais le sommeil ne vient pas... Il se tourne et se retourne sans cesse, dans un bruit de draps froissés qui donnent l'impression d'avoir été amidonnés. Le moindre de ses mouvements est amplifié et lui vaut des « chut ! » répétés de ses camarades. Frédéric lance, en pouffant de rire :

— On arrête de se toucher, Adrien !

Ce dernier réagit par un retentissant : « Ta gueule ! », qui fait surgir le surveillant. Celui-ci promet à tous des heures de colle s'il entend encore une parole.

Adrien voudrait se lever. Une brûlure court dans tout son corps. Il ne sait plus vraiment s'il rêve au visage de Samira, si la silhouette de son professeur qui s'impose à lui appartient au songe ou à la réalité.

Il s'imagine enfouissant son visage dans le corsage de la jeune femme et caressant passionnément ses seins. Dans ses mains qui ont touché l'adolescente, il cherche quelque trace de son odeur. Son cœur résonne sourdement à son oreille collée au polochon. Il frissonne, et trouve pourtant la couverture sur ses jambes trop chaude, trop lourde.

Il est comme les autres adolescents, à cette heure de la nuit, dans la solitude de ce dortoir, emportés par des rêves érotiques dont il faudra habilement dissimuler les conséquences aux voisins, le lendemain matin. Adrien, lui, a réglé le problème en glissant dans son pyjama une petite serviette de toilette qui absorbe discrètement les trop célèbres « cartes de France » qui font la honte des uns et la fierté des autres. Frédéric, dans la catégorie fanfaron, à l'affût des failles de chacun, n'a pas manqué de faire remarquer plusieurs fois à Adrien :

— C'est marrant, toi..., tes draps ne sont jamais tachés. T'es impuissant ou quoi ?

— Qu'est-ce que t'en sais ? C'est toi qui fais mon lit, peut-être ? Et à quoi tu vois ça ?

— À l'odeur, mon pote. Il y a des odeurs qui ne trompent pas.

Adrien n'a pas jugé nécessaire de débattre davantage de ce sujet. Pour l'instant, il gamberge et tente de se rappeler ce qu'il a vécu durant le cours de géographie avec son professeur. Quand il pense à Samira, c'est son cœur qui bat très vite, et il se sent ému. Quand il évoque son prof, ce qu'il éprouve est d'une tout autre nature. Il s'étonne alors de se découvrir si contradictoire, si multiple. Dans le silence du dortoir, il se dit : « Je suis romantique et en même temps sacrément dégueulasse, obsédé par les histoires de sexe, comme tous les autres, comme Frédéric... Et j'aimerais vraiment les toucher, les seins de la prof... » Pour ne pas éveiller l'attention de ses camarades, à l'écoute des masturbations nocturnes, il se contente de saisir son sexe très fort, sans faire le moindre mouvement. L'évocation de la silhouette du professeur de géographie est si suggestive qu'elle suffit à provoquer son plaisir.

— Le sinus est le rapport au rayon OA de la perpendiculaire MP, abaissée d'une des extrémités M, d'un arc AM sur le diamètre qui passe par l'autre extrémité de cet arc...

Ce matin, pour Adrien, le professeur parle chinois. Il est vrai qu'avec sa voix nasillarde, monotone, et les effluves de transpiration qui accompagnent ses déplacements, il n'est pas fait pour séduire les élèves.

Tête basse, presque affalé sur la table, l'adolescent manifeste peu d'intérêt pour les aventures du sinus. Un grand coup de coude de Samira le sort de sa torpeur...

— Faut dormir, mon vieux, la nuit !

— C'est ta faute..., je n'ai fait que rêver de toi...

— Et c'était quoi, tes rêves ? demande l'adolescente, à la fois troublée et gênée.

Adrien, soudain embarrassé, la bouche sèche, bredouille enfin :

— C'était too much...

— Too much quoi ?

— Too much sexe !

— Idiot ! Malade !

La voix du professeur claque dans la classe :

— Adrien, au tableau !

Il s'extrait lentement de sa chaise et se dirige vers l'estrade, la main tendue. Il se déplace en se repérant d'une table à l'autre, qu'il effleure du bout des doigts.

— Alors, ce sinus, que vous inspire-t-il ? interroge l'enseignant avec un brin d'ironie.

Adrien ne répond pas. Il se passe nerveusement la main dans les cheveux, donne deux, trois coups de tête à gauche et à droite avec son air d'oiseau affolé, espère le secours d'un souffleur, commence à bafouiller :

— Le rapport au rayon OA de la perpendiculaire...

Il tousse, répète :

— De la perpendiculaire...

— Oui, fait le prof en se déplaçant entre les rangées...

Il tire machinalement sur un vieux pull marron trop court, que l'on aperçoit à travers sa blouse blanche entrouverte, tachée. Il vient à la hauteur de l'adolescent et s'impatiente :

— Et ensuite ? Allons, mon vieux, vite !

Adrien s'écarte légèrement devant l'haleine matinale du prof, que les élèves surnomment délicatement « Pue de la gueule » ou « Postillon ». Tentant vainement de se rappeler une partie de la leçon, il reste silencieux encore quelques secondes, retrouve le balancement d'avant en arrière et son ennui. Le professeur finit par le sortir de son mutisme en lui lançant, d'un ton méprisant :

— La paresse..., voilà votre véritable handicap ! Et il n'y a pas de traitement, pas de baguette magique contre cela.

Un sourire narquois se dessine sur ses lèvres, son œil s'allume d'un drôle d'éclat, qui témoigne d'une certaine méchanceté. Il reprend, très péremptoire.

— C'est pas un poil que vous avez au milieu de la main, c'est... une canne !

Frédéric saisit au vol l'allusion facile du prof et lance, sur l'air de la publicité des pâtes Panzani :

— Une canne..., une canne..., oui mais une canne blanche !

Il provoque l'hilarité générale des élèves. L'enseignant invite Adrien à regagner sa place. C'est avec la même assurance dans son déplacement qu'il retrouve sa chaise et son bureau. Samira n'a pu s'empêcher d'éclater de rire, et elle ne se formalise pas, elle non plus, des propos tenus par le professeur. Au contraire. Comme les autres, elle apprécie que les enseignants de l'internat ne les traitent pas avec des égards particuliers sous prétexte qu'ils sont aveugles ou amblyopes... Quand les élèves débattent entre eux de leurs relations avec les professeurs, Adrien a coutume de dire :

— Ici, il y a des profs super et d'autres complètement nuls... Je suppose que c'est partout pareil...

Il précise toutefois :

— Globalement, ils sont cool. Il y en a pas mal qui ferment les yeux sur nos conneries... Et c'est assez sympa que des voyants ferment les yeux quand on a tendance à franchir le trait...

Franchir le trait, c'est ce que le jeune aveugle s'apprête à faire. C'est l'heure de la récréation dans la grande cour, une partie de basket s'est organisée entre amblyopes et non-voyants. Adrien profite de la mobilisation des élèves et des éducateurs autour du terrain pour faire une proposition à Samira :

— Viens, on va s'en griller une. Jeannot le taxi m'a filé un paquet de tiges.

— Où va-t-on ? demande l'adolescente, les deux bras tendus devant elle, prête au départ.

Les cris des joueurs et des supporters couvrent presque leurs voix. Samira lève la tête et se fait surprendre par un rayon de soleil qui caresse son visage à travers les feuilles des marronniers. Elle sent la chaleur sur ses paupières. Elle a la sensation qu'elle entre en elle et l'emplit d'énergie. Pour la première fois de sa vie, elle trouve au soleil une odeur douce et légèrement âcre. Malgré le brouhaha et le tumulte de la rue, elle perçoit très nettement les petits cris aigus, les gazouillis des premières hirondelles qui viennent nicher, comme tous les ans, sous les gouttières, près des fenêtres donnant sur les classes.

Adrien la sort de sa rêverie en la prenant énergiquement par la main :

— On y va ! On se fait d'abord un tour de cour discrétos, comme deux petits aveugles bien disciplinés... Laisse-toi guider. T'inquiète pas ! la boutique, je la connais comme ma poche ! On va rejoindre les sous-sols de la cantoche.

Les deux adolescents évoluent lentement dans les caves de l'internat. Une odeur de terre mouillée remonte du sol constitué de pavés disjoints qui peuvent être dangereux... Samira se laisse guider en tentant de dissimuler son inquiétude. Son pas est hésitant. Elle cherche de la pointe de ses baskets l'obstacle éventuel, sent ses jambes se raidir et veut éviter la crispation des mollets, la tétanisation toujours possible des muscles de ses cuisses. L'oreille tendue, elle porte aux bruits lointains, et qui lui paraissent indéfinissables, une attention excessive. Elle se sent envahie par un bourdonnement sourd qu'elle ne parvient pas à maîtriser.

Adrien a remarqué ses difficultés. Il rend sa main plus ferme dans la sienne et dit gentiment :

— Laisse-toi aller, je suis là...

D'une voix encore plus apaisante, il ajoute :

— Attaque le sol fermement du talon... Tu ne risques rien. Plus tu hésites à marcher, plus tu te fous la pétoche ! Au début, moi aussi, je pensais que je réussirais jamais ; j'avais la trouille.

La gorge serrée, le bras tendu, Samira donne l'impression d'être tirée par son ami.

— C'est exactement ça, Adrien, j'ai peur, fait-elle en retenant son bras et en cherchant un appui sur un mur.

— Ne te laisse pas aller ! proteste le garçon

d'une voix ferme. On a l'habitude, non, d'être dans le noir ?

— Justement, je n'ai pas l'impression d'être dans l'obscurité. Tout me semble gélatineux autour de moi, c'est comme des points qui scintillent dans ma tête, ça fait mal...

Cette fois, Samira s'arrête tout à fait. Elle s'adosse à une poutre métallique qu'elle a fini par identifier en tâtonnant.

— Je régresse, Adrien !

Au-dessus de leurs têtes, les deux jeunes aveugles entendent s'écouler dans de gros tuyaux le gargouillis des eaux usées qui vont se déverser dans les égouts.

— Je suis comme un bébé qui apprend à marcher.

Elle marque un temps de silence et ajoute, dans ce long couloir qui ressemble à un tunnel :

— Mais le bébé, lui, a envie d'apprendre à marcher, pas moi !

Adrien tente de la ramener plus près de lui en la prenant par le cou. L'adolescente se dérobe. Il reprend :

— Ce n'est pas de marcher qui est le plus difficile pour une jeune aveugle. Tout ce qui est technique, tu finiras par l'acquérir.

— C'est quoi, alors, le plus dur ?

Adrien ne répond pas immédiatement. Son visage s'assombrit. Il finit par avouer, d'une voix rauque :

— Le plus dur, c'est les autres. C'est leur regard.

— Leurs regards ? On s'en fout, de leurs regards, puisque nous on les voit pas !

— Logique, apparemment, ma chère, fait Adrien

d'un ton affecté. Mais ça pèse, c'est lourd, ça transperce, ça vrille, le regard d'un voyant. Tu te le chopes en pleine poire, dans la nuque, sur les épaules... partout ! Ça t'enfonce des piques, ça fait mal. Et ajoute à ça le sentiment d'être mis à l'écart, d'être toujours rejeté... Et nos perspectives professionnelles ? Dans le meilleur des cas : accordeur de piano ou standardiste !

Samira marque un nouveau silence. Elle a l'air abattue et bougonne :

— Dis donc, si c'est comme ça que tu comptes me remonter le moral, c'est mal barré.

Adrien réagit prestement :

— Au contraire, c'est pour mieux te préparer à te bagarrer ! Moi, personne ne m'a préparé psychologiquement aux difficultés qui m'attendaient... J'ai découvert tout ça au jour le jour et j'ai dégusté, crois-moi !

Il bute le premier contre un pavé.

— Merde ! lance-t-il en se raccrochant de justesse au bras de Samira, qui éclate de rire :

— Tu fais un drôle de guide !

— Ce n'est pas la peine d'aller plus loin, explique Adrien. On est au bout du tunnel. Fais attention !

Il entraîne son amie derrière une rangée verticale de palettes de bois qui servent au transport des conserves de la remise aux cuisines.

— Ici, on est tranquille. Personne ne vient jamais, et juste au-dessus de nous il y a une grille d'aération qui donne sur la rue. C'est au poil pour cloper !

Adrien se dresse sur la pointe des pieds et tend la

paume vers l'ouverture. Le souffle sec qui le saisit imprègne les pores de sa peau. C'est presque par sa main qu'il entend les pas précipités d'une foule pressée. La cohue caquette, bourdonne au bout de ses doigts. Il croit reconnaître le « tac-tac » familier d'une canne blanche égarée sur l'arête d'un trottoir. Il devine çà et là mille et une silhouettes dans la ville. C'est d'abord celle d'un vieux monsieur bien digne qui s'impose à lui. Un autre bruit dessine en lui un jeune garçon de son âge slalomant en rollers, et avec témérité, entre les voitures. Par la main tendue vers ce soupirail, devine-t-il la présence de ces deux amoureux assis sur le banc près de l'arrêt de l'autobus, insensibles au tumulte de la cité et qui rateront un bus, puis deux, puis trois pour rester plus longtemps ensemble ?

Il retire sa main d'un seul coup au moment où les automobiles, telles des monstres haletants, démarrent dans un violent crissement de pneus, quand le feu tricolore les libère.

— Hep ! où tu es barré ? fait soudain Samira.

Elle tend les bras devant elle sans oser bouger.

— J'ai l'impression d'être larguée. Tu me fais de beaux discours et tu me laisses en plan...

— Mais non, que tu es bête, se défend mollement Adrien. J'écoutais la vie de l'autre côté du soupirail... Approche ton nez et tes mains par ici.

Il la saisit par les poignets et lui fait tendre les mains à plat vers l'ouverture grillagée. Silence. Au bout de quelques secondes, Adrien demande :

— Tu sens la vie au bout des doigts ?

Samira fronce les sourcils.

— Non ! Je sens pas...

— Concentre-toi...

— Je suis concentrée, tu m'énerves !

— Ça vient alors ?

— Non et non !

— Laisse tomber, baisse les bras ! Ça viendra. Pour l'instant tu n'y crois pas assez, à ta force...

— Quelle force ? demande Samira d'une toute petite voix.

— Ta force intérieure, ma vieille, celle qui affine tes sens et qui te rendra exceptionnelle.

— C'est ça que tu veux me faire croire, qu'on est des extraterrestres ?

— Presque..., conclut Adrien en rigolant.

L'adolescent extrait de la « banane » qu'il porte autour des hanches un Zippo, un briquet-tempête échangé contre son Opinel, et allume une cigarette qu'il sort de la poche intérieure de son blouson. Une flamme violet et blanc éclaire les murs poussiéreux en laissant derrière elle une forte odeur d'essence.

— Ça sent mauvais, ton truc ! dit Samira.

Sans lui demander son avis, Adrien glisse sans hésiter la cigarette entre les lèvres de l'adolescente.

— J'en veux pas ! bafouille-t-elle. Je ne sais pas fumer. Je suis ridicule avec une clope au bec !

— Je croyais que tu venais pour ça...

Il porte la Marlboro à sa bouche, aspire et constate qu'elle s'est éteinte. Il fait claquer le capuchon du briquet, tourne du pouce plusieurs fois la roulette dentelée et porte la flamme à l'extrémité de la cigarette avec une extraordinaire précision.

— Comment fais-tu pour ne pas te brûler? demande Samira.

— L'expérience, répond Adrien, fanfaron.

En rejetant une longue bouffée de fumée en direction du soupirail, il ajoute :

— Je te dis pas, au début je me cramais les cheveux, le nez, ou les doigts... J'avais toujours peur de foutre le feu quelque part.

Tout, dans l'attitude d'Adrien, indique qu'il se sent bien dans ce lieu. Il tourne la tête un coup vers Samira, un autre vers le soupirail grillagé, et respire très fort. C'est ainsi qu'il multiplie ses sensations. Il dit souvent que les lieux plongés dans l'obscurité n'ont pas les mêmes odeurs. Ici, plus qu'ailleurs, il jouit du noir protecteur. Ce monde souterrain dans lequel il se trouve actuellement est un monde de secrets..., secrets qu'il partage maintenant avec Samira.

Le visage des deux adolescents est éclairé par la faible lumière qui vient de la rue et la lueur rouge de la cigarette. Ils sont beaux dans cette pénombre. Leurs traits sont détendus. Ils ont cessé d'être pour les autres... Adrien est souvent las d'être observé... Et il ne pense pas seulement aux voyants. Il se sait épié par ses camarades aveugles. Un frôlement, un bruit particulier, un souffle retenu lui indiquent toujours la présence inavouée d'un autre.

L'écoute si attentive qu'il a de tous ceux qui l'entourent lui permet d'identifier avec certitude toutes les attitudes, tous les comportements. À cet instant, il devine Samira les bras ballants, la tête ailleurs.

Les bruits de la ville, habituellement parfaitement perceptibles par les jeunes non-voyants, lui parviennent différemment, dans ce sous-sol. Les roulements des voitures ressemblent aux convulsions des vagues qui s'ébrouent sur la grève en entraînant les graviers et le sable. Les courants d'air, dans le long couloir souterrain, provoquent des sifflements, des grincements qui font songer aux roulements d'un train dont les derniers wagons bringuebalent sur les aiguillages échevelés, aux abords des gares.

— D'accord, on ne voit pas, explique souvent Adrien, mais on a un sacré avantage sur les voyants : le moindre bruit, la plus petite odeur réveillent notre imagination. On peut être présent physiquement dans un endroit et se trouver dans le même temps très facilement ailleurs...

L'adolescent respire plusieurs fois par petits coups saccadés. L'air qu'il absorbe maintenant est plus chargé d'humidité. Il y a là autour d'eux comme une odeur de fruits pourris. Adrien se tourne vers Samira et demande, une légère inquiétude dans la voix :

— Tu t'ennuies ?

— Non. Je réfléchis et je me dis que je vais avoir beaucoup de difficultés.

— Il faut de la patience, c'est tout !

Les murs couverts de ciment portent l'écho de leurs voix jusqu'à l'autre extrémité du couloir. Il poursuit, plus bas :

— Fais confiance à tes doigts, je te dis ! Ils vont tout t'apprendre des choses et de la vie. Peu à peu, tu sauras vraiment décrypter. Tu verras : quand tu prends un verre, une assiette, c'est toute ta main, ta paume, tes phalanges, tes ongles mêmes qui te donneront des sensations, qui te permettront d'identifier n'importe quel objet, et d'apprendre à t'en servir, surtout...

Il se tait un instant, inspire légèrement, comme s'il manquait de souffle. Samira l'écoute avec une attention extrême. Il poursuit :

— Tous les jours, tu apprendras... Et c'est pareil pour tes déplacements. Tu les feras à l'oreille. Au début, tu compteras chaque pas sur les cinq doigts de la main..., petits pas..., grands pas... Pour aller de ton bureau à celui du prof, ou de ton lit à la fenêtre... Tu feras pareil chez toi et pareil quand tu prendras le métro pour la première fois. Tu évalueras le nombre de marches, d'escaliers, de couloirs...

Adrien tire une dernière bouffée de cigarette, tousse, écrase le mégot sur le mur et reprend :

— Mais le plus important, c'est d'apprendre à toucher !

Il marque un temps et, après un bref moment de réflexion, lance :

— Touche mon visage !

Samira laisse échapper un petit rire nerveux et, d'un geste de la tête, fait remarquer à son ami qu'elle n'est pas dupe. Elle sait que l'adolescent peut identifier son geste de refus.

— Mais touche, je te dis ! En tout bien tout honneur...

— T'es un malin, toi ! fait Samira en se reculant légèrement vers le mur.

— Je t'ai pas dit de me caresser, je te demande juste de toucher et de me décrire !

Elle hésite encore, retient sa respiration, entend la palpitation de son cœur dans sa poitrine. Elle n'ose avouer qu'elle se retient pour mieux masquer son trouble, et prend enfin le visage du garçon à pleines mains.

— Non, pas comme ça. Sers-toi pour l'instant de ton index et de ton majeur, ta sensibilité sera plus forte...

Elle s'exécute et commente en hésitant :

— Ton front est bombé et l'implantation de tes cheveux est assez haute...

— Normal : un grand front, ça caractérise l'intelligence...

— Et modeste avec ça !

Elle se retient de rire. Adrien, les dents serrées, se laisse ausculter avec sérieux. Samira poursuit son investigation :

— Ton nez est plutôt droit et assez long !

— Exact ! c'est même un signe de virilité !

— Cesse de dire des bêtises ! dit-elle en faisant maintenant le tour de la bouche du garçon. Ta bouche... elle est...

L'adolescente hésite. Elle aurait bien aimé retenir le frisson qui vient de la parcourir.

— Ta bouche..., c'est...

— C'est ce que j'ai de mieux! fait Adrien en éclatant de rire.

— C'est surtout la bouche d'un garçon qui ne pense qu'à embrasser les filles, oui!

Il ne laisse pas le temps à Samira de réagir. Il plaque ses lèvres sur celles de l'adolescente, qui tente de se défaire de ce baiser fougueux, comme si elle manquait d'oxygène. Elle se libère et lance :

— C'est pas bon quand tu fumes! Je ne reconnais pas ton goût... Faut que tu mâches du chewing-gum, et du fort! En dragée... au moins quatre!

Adrien souffle dans le creux de sa main qu'il porte à son nez et dit, l'air navré :

— Tu exagères..., je ne sens rien, moi!

Il plaque soudain Samira contre le mur de palettes de bois :

— Quelqu'un vient!

Les deux jeunes aveugles retiennent leur souffle. La tête légèrement inclinée, le menton bas, l'oreille tendue, Adrien identifie le « tac-tac » métallique d'une canne qui cherche dans l'obscurité. Les pas qui l'accompagnent traînent sur le sol. Il y a quelque chose de robotique dans ce déplacement. Adrien perçoit une gestuelle hésitante, maladroite. Aux résonances, il devine que l'intrus n'est pas un familier des lieux. Il sent que la canne flaire méticuleusement un coup à gauche, un coup à droite, et qu'un pied, puis deux, prennent le risque de s'avancer dans l'inconnu. « Le visiteur porte de grosses chaussures et il est encore loin », se dit-il. Une voix hésitante finit par percer le silence :

— Pas la peine de vous planquer, je sais que vous êtes là, à vous rouler des patins...

C'est Frédéric qui vient de parler.

Il tâtonne, heurte une poutre verticale de l'avant-bras, jure et implore presque :

— Allez, faites pas les cons, dites-moi où vous êtes exactement ! Je veux pas vous emmerder... Je suis perdu ! Je ne suis jamais allé au-delà de cette putain de poutre que je me suis prise en pleine poire...

Samira et Adrien, collés l'un à l'autre, gardent le silence. L'adolescent est tout imprégné de l'odeur fraîche et claire de la peau de son amie. C'est la première fois que son corps épouse aussi longuement celui de Samira.

Il murmure à l'oreille de l'adolescente :

— Quelquefois, je trouve que c'est un avantage d'être aveugle...

— T'es fou de dire ça ! réplique Samira en s'écartant légèrement.

Elle paraît choquée comme si elle avait entendu une extraordinaire incongruité.

— Je suis pas fou. Quand on se retrouve comme maintenant, tout vibre en moi... J'éprouve, j'en suis sûr, des choses que les voyants ne peuvent pas ressentir.

— Quoi, par exemple ?

— Je peux deviner la présence de quelqu'un derrière une porte... Je n'y vois pas et pourtant je sens les variations de la lumière sur ma peau...

Samira laisse échapper un petit gloussement :

— Tu devrais faire un numéro de cirque ou de music-hall.

— Te moque pas de moi ! Tu sais ce que disait Diderot ?

— Non...

— « Les yeux cessent plus tôt de voir que les mains de toucher. La beauté de la peau, la fermeté des chairs, la douceur de l'haleine, les charmes de la voix sont des qualités dont l'aveugle fait grand cas dans les autres... »

C'est à peine si l'adolescente l'a entendu. Elle a bien reconnu l'auteur de l'*Encyclopédie,* mais elle préfère se faire plus petite dans les bras de son ami. Adrien sent sa poitrine contre la sienne et, sous le tissu léger de sa robe, il devine le pubis rond, renflé, tendu.

— Où êtes-vous ? demande à nouveau Frédéric d'une voix lointaine.

Pour Adrien, la situation est une véritable aubaine. La crainte d'être découvert, l'impression de braver un interdit amplifient l'émotion et l'excitation qu'éprouvent les deux adolescents. Il couvre Samira de petits baisers hâtifs sur les joues, dans le cou, aux commissures des lèvres. Du bout des doigts il cherche sa bouche, caresse ses dents de l'index, effleure sa langue. Samira sourit. Son cœur bat très vite dans sa poitrine. Elle frissonne. Le garçon enfouit sa tête dans les cheveux frisés de l'adolescente. Leur odeur le grise. Sa gorge est nouée. Doucement maintenant, il lui prend les épaules, descend vers les seins, qu'il ose à peine toucher. Il passe ses deux mains sur le visage de son amie et goûte le grain de sa peau.

Les joues de Samira sont humides. Son corps se tend, puis devient subitement souple, offert.

— Tu m'aimes ? balbutie-t-elle.

Adrien répond d'abord par un petit rire joyeux.

— Oui, je t'aime d'amour, fait-il en la berçant contre lui.

Le désir génère en eux une exaltation inattendue. Leurs membres frémissent.

— C'est si doux de te toucher, murmure Adrien. C'est comme de la brume, ça me donne envie de pleurer.

À son tour elle pose les paumes de ses mains sur les yeux vides de l'adolescent.

— Je te vois maintenant, dit-elle d'une voix rauque.

Ils glissent lentement sur le sol. Adrien cherche les lèvres de la jeune fille. Elle se raidit légèrement. L'endroit fait monter soudain en elle une angoisse sourde. Les sons lointains qui parviennent à se glisser dans la cave humide résonnent sur les murs poreux. Des craquements, des grincements, des bruits indéfinissables lui font peur. Elle épie le moindre froissement, elle hume l'air terreux. Partagée entre l'envie de se relever, de fuir, et son désir, elle cherche à se rassurer en s'agrippant à Adrien des deux bras.

Adrien glisse sans brusquerie sa main sous la robe de Samira. Au contact de ses cuisses douces, soyeuses, un frisson le parcourt. Cette fois encore, elle a un geste de retenue.

— Pas ici, Adrien, pas comme ça !

Le visage en feu, les oreilles bourdonnantes,

l'adolescent ne l'entend pas. Il l'embrasse passionnément, lapant les odeurs troublantes de sa peau.

— Frédéric va nous trouver ! Arrête, Adrien !

Il se relève aux aguets, le nez tendu comme un chien qui a flairé une présence, et dit d'une voix rauque :

— Il est là, l'autre, tu as raison, filons...

— Ça va, pas besoin de chuchoter, je vous ai trouvés, ricane Frédéric en tapant avec sa canne sur les palettes de bois qui l'entourent.

Samira se remet debout précipitamment. Les deux adolescents font deux trois pas sur le côté, un peu au hasard, heurtent une pile de cageots, manquent de chuter en même temps, se rattrapent, tournent sur eux-mêmes avant de reprendre le couloir dans l'autre sens, vers la sortie.

Adrien sait maintenant que Frédéric est tout proche : il vient de reconnaître sa transpiration.

— Fous-nous la paix, dégage ! lance-t-il, rageur.

Il saisit fermement la main de Samira et arme son avant-bras devant son visage pour la protéger d'un choc éventuel. Frédéric reprend, d'un ton plein de vulgarité :

— Alors, c'est là que vous vous retrouvez pour baiser ? Ça sent la fanfounette et la quéquette...

Il éclate de rire et demande d'une voix mielleuse :

— Allez, Samira, ne sois pas vache ! Moi aussi, j'y ai droit... et je te parie que la mienne est plus grosse que la sienne !

— Casse-toi de là ! hurle Adrien.

— On se calme, on se calme, amigos ! répond Frédéric, gouailleur.

— Tire-toi !

— Pas avant qu'elle me fasse ce qu'elle t'a fait... C'est le prix de mon silence, amigos.

Les bras tendus, Adrien cherche un bref instant l'importun. Il parvient à l'empoigner.

— Mais t'es con, ou quoi ? Qu'est-ce qui te prend ? demande Frédéric, qui a laissé tomber sa canne blanche sous l'effet de la surprise.

Il est pris d'un fou rire qui agace particulièrement Adrien, et finit par bégayer :

— Faut pas exagérer, vieux. C'est pas une princesse, ta copine, c'est une beurette. Et, crois-moi, aveugles ou pas, elles aiment ça !

— Salaud ! crie Adrien en décochant un violent coup de poing qui frappe Frédéric à la pommette droite.

— Petit con, tu vas me payer ça !

Adrien n'a pas desserré son étreinte. Sous l'emprise de la hargne, il a oublié que Frédéric est plus grand et plus robuste que lui. La rage au ventre, les dents serrées, il lance :

— Je peux plus te voir ! Je te hais !

Frédéric donne un coup de tête en avant qui atteint Adrien sur l'arcade sourcilière. Du sang coule aussitôt sur sa joue, jusqu'aux commissures des lèvres. Samira avance, bras tendus, en direction des deux jeunes aveugles.

— Arrêtez ! Vous êtes fous !

Frédéric, libéré, plonge sa main dans la poche

arrière de son jean. Adrien reconnaît le bruit sec de la lame du Laguiole qui vient de buter contre le manche de corne. Frédéric agite aussitôt le couteau devant lui, comme s'il tenait une épée.

— Allez, petit con ! Viens par ici, si tu l'oses ! T'en fais pas, je ne te le planterai pas dans le bide..., je ne tiens pas à me retrouver en cabane ! Mais ça lacère bien, ce truc-là ! Je te ferai juste de belles entailles sur ta petite gueule ! Après, tu auras tellement de cicatrices que même elle, la bigleuse, elle te trouvera moche et n'osera plus te toucher !

La tête penchée sur le côté, Adrien cherche à identifier les mouvements du couteau qui tranche l'air comme un fleuret. Dans le même temps, ses mains fouillent autour des palettes en quête d'un objet dont il pourrait se servir pour se défendre. En se retournant, il accroche son blouson à un clou qui dépasse d'une latte de bois. Il l'empoigne à deux mains, la bouge de bas en haut plusieurs fois et parvient à la détacher.

— Qu'est-ce que tu fais, Adrien ? interroge Samira, de plus en plus anxieuse.

Elle essaie de saisir son ami.

— Laisse-le, remontons... Viens, je t'en prie ! implore-t-elle.

Sa main cherche devant elle, doigts écartés, tendus ; elle se referme sans cesse sur du vide. Samira pleure en silence. Lasse, elle se laisse glisser le long du mur poisseux et se recroqueville sur le sol humide, d'où remontent des odeurs fétides. Elle est prise de tremblements et de frissons qu'elle ne parvient pas à dominer. Adrien marche instinctivement vers son adversaire. À son tour, il brasse l'air au-dessus de lui avec ce bout de planche long d'un mètre environ. Il frappe. Une première fois, son arme rencontre le mur. Au deuxième coup, il effleure le couteau de Frédéric, qui recule et prend appui sur les palettes. Adrien porte une nouvelle attaque, qui ne rencontre aucune résistance. Frédéric s'est baissé juste à temps et le raille avec un rire qu'il veut rendre diabolique :

— Si j'avais voulu, mon pote, j'aurais pu te planter... C'est passé juste au-dessus de ma tête, il me suffisait de tendre le bras !

Samira se relève lentement. Elle allonge les bras devant elle comme une somnambule, tourne sur elle-même plusieurs fois et ne cesse d'adjurer Adrien de renoncer.

— Laisse-le... Fais-le pour moi... Laisse-le, répète-t-elle, la voix cassée.

Il ne l'entend pas. Il ne veut pas l'entendre. Il y a trop de rancœurs et de mépris entre les deux garçons, d'autant qu'il vient d'éprouver comme une brûlure sur l'avant-bras. La lame lui a entamé superficiellement la peau. Il recule, trébuche, retrouve son équilibre en s'appuyant sur la planche de bois, renifle un grand coup pour déterminer l'emplacement de Frédéric, qui lance, cynique :

— Ça pique, hein ?

— Comme une piqûre de moustique, répond Adrien en portant un nouvel assaut.

Un cri de douleur résonne dans le sous-sol. Aucun

des deux jeunes aveugles ne comprend immédiatement comment le couteau s'est enfoncé dans l'épaule de Frédéric. Peut-être est-ce sous la violence du coup porté par Adrien sur l'avant-bras armé du Laguiole que la lame s'est retournée. Frédéric tombe à genoux en hurlant :

— Putain..., tu m'as planté !

Aussitôt la colère et la violence d'Adrien s'estompent. Il se porte vers Frédéric en se cognant une fois au mur et une autre fois à la poutre verticale. Il s'agenouille, trouve son bras en tâtonnant et dit d'une voix sourde :

— Tu pisses le sang... Merde, c'est trop con !

Samira, comme pétrifiée jusqu'à ce moment, s'avance maintenant vers les deux garçons à terre, sans aucune hésitation. Mue par quelque chose de spontané, elle ne semble plus éprouver d'appréhension pour se déplacer. Après quelques pas, elle est auprès de Frédéric, qui gémit :

— C'est une artère... C'est sûr, tu m'as chopé une artère...

Adrien tente de le rassurer.

— Ne bouge pas, je vais chercher l'infirmière et les éduc...

— Laisse tomber..., on va se débrouiller ! répond le blessé en prenant sur lui.

Puis, devant le flot de sang qui coule le long de son bras, il se ravise et dit, la voix brisée :

— Vas-y ! Je crois que je vais tomber dans les vapes...

Pour lui donner du courage ou pour témoigner de

l'absurdité de leur bagarre, Adrien lui presse la main amicalement avant de s'éloigner en recommandant à Samira :

— Fais-lui un point de compression, je me grouille... Il va y avoir du grabuge, là-haut !

9.

L'automobile se faufile dans le flot de la circulation. Adrien a baissé la vitre arrière. Habituellement, il s'amuse à identifier les voitures à proximité. Aux ronronnements, aux poussées, aux rugissements des moteurs, il se sait capable de reconnaître un R25 d'une CX ou d'une BMW. Aujourd'hui, il a la tête ailleurs et il est incommodé par les émanations excessivement citronnées de la plaquette de désodorisant collée contre la boîte à gants et qui « tue », comme dit la pub, « toutes les vilaines petites odeurs ». Il aime autant absorber les gaz qui s'échappent des voitures.

— Ça sert à quoi, tu peux me dire, les couloirs qui nous sont réservés ? Personne ne les respecte ! vitupère Jeannot le taxi.

Recroquevillé au fond de la banquette, le jeune aveugle garde le silence.

— On se traîne, c'est pas croyable ! se lamente le truculent chauffeur.

— Je ne suis pas pressé de rentrer chez moi !

— J'imagine..., répond le conducteur en jetant de brefs coups d'œil dans le rétroviseur.

Il tambourine sur le volant recouvert d'un tissu de protection contre la transpiration des mains et ajoute, comme s'il se délivrait enfin de quelque chose de pesant :

— Faut quand même être con pour en arriver là ! Vous auriez pu vous entre-tuer !

— C'est pas moi qui ai sorti le Laguiole ! se défend mollement Adrien.

Il tourne la tête plusieurs fois de gauche à droite. C'est souvent par ce geste répété qu'il marque son embarras. Puis, sur le ton d'un enfant pris en faute, il ajoute :

— Faut pas exagérer, quand même... la lame n'a pas pénétré plus d'un centimètre. Frédéric, il s'est mis à crier comme un veau car il a eu les jetons... On lui a juste fait deux points de suture...

Jeannot le taxi ne tient pas à cacher sa colère :

— C'est pas une raison ! Fallait pas jouer du couteau..., il fallait te tirer !

— C'est ça ! Comme un lâche !

— Non, comme quelqu'un de raisonnable !

Le véhicule est arrêté par un feu rouge. Une Mercedes s'est portée à la hauteur du taxi. Une musique s'échappe de l'autoradio. Adrien reconnaît le *Quintette pour clarinette* de Weber. Il se redresse, tend l'oreille, ferme les paupières, goûte un instant cet intermède, et demande :

— Tu te serais tiré, toi ?

Jeannot hésite avant de répondre. Il tourne son visage carré vers l'adolescent et avoue enfin :

— Non !

— Ah, tu vois ! Tu aurais fait comme moi !

— Oui, mais moi, c'est pas pareil... J'aurais su... j'aurais vu pour porter les coups et pour désarmer l'adversaire. Tandis que vous deux...

Il enclenche brutalement une vitesse qui grince. L'adolescent sursaute et réplique avec une sorte de dépit :

— C'est ça... Nous, les bigleux, parce qu'on ne voit pas, on ne doit pas se foutre sur la gueule ! C'est réservé aux voyants, comme tout le reste !

Jeannot donne un violent coup de volant sur sa gauche pour éviter un cycliste.

— C'est pas ce que je veux dire, tu sais bien !

Adrien se tapit au fond de la banquette et bougonne :

— Toi aussi, tu es raciste avec les aveugles !

— Tu es fou de dire ça !

Les deux amis se parlent et se disputent comme deux enfants boudeurs. Jeannot klaxonne à tout propos et fait sans cesse des appels de phares pour alerter un automobiliste qui a eu l'audace d'emprunter son couloir réservé. Au bout d'un moment, il finit par dire très calmement :

— Faut que tu apprennes à vivre comme un non-voyant...

— Pourquoi comme un non-voyant ? c'est comme un voyant que je veux vivre !

Il fouille nerveusement dans son sac à dos, d'où il

extrait le paquet de cigarettes offert par Jeannot, et allume une Marlboro avec son Zippo. Le chauffeur ne peut s'empêcher d'observer sa dextérité avec admiration.

— Ne te fâche pas, dit-il. En tout cas, vos conneries, ça vous vaut huit jours d'exclusion... Et pendant ce temps-là tu ne verras pas ta petite copine.

Adrien colle son front sur la vitre : « Jeannot a raison... C'est bien ce qui me peine le plus, de ne pas voir Samira pendant une semaine. »

Le conducteur se retourne subrepticement et lance, en forçant sa curiosité :

— Et l'estocade, alors ? Tu as fini par la porter ?

— Presque, répond Adrien, qui se déteste aussitôt d'avoir livré cette confidence.

Il se ravise et dit d'une voix grave :

— Faut plus qu'on parle de Samira comme ça, Jeannot. C'est une fille bien !

L'homme frappe soudain de sa grosse main sur le volant. Il exulte :

— Je l'aurais parié ! — toi, tu es amoureux ! La vie est belle, alors ?

Adrien, l'air renfrogné, rejette une dernière bouffée de sa cigarette et cherche de la main gauche le cendrier sur le côté. Il glisse l'index le long de l'accoudoir, repère l'orifice métallique qui sent le tabac froid, écrase le mégot et dit, de plus en plus morose :

— Tu parles ! Tu vas voir le comité d'accueil, chez moi. Ils vont me la jouer comme le proviseur ; il les a prévenus par téléphone.

Il prend une voix très précieuse pour imiter le chef d'établissement :

— « Nous sommes très déçus, Adrien... Nous ne nous attendions pas à ça de ta part ! C'est grave pour ton avenir, mon garçon... Plus que tous les autres jeunes de ton âge, tu dois te montrer responsable ! »

Jeannot le taxi fait un geste d'impuissance et dit, sur un ton plein de compassion :

— C'est normal, mon vieux, c'est le rôle des parents, des éducateurs...

— Peut-être, mais toi, tu ne parles pas comme ça ! Tu comprends ce que je te dis. Tu parles comme moi et tu as plus de cinquante ans !

Il plisse le front, soupire et ajoute :

— Tu sais ce qu'il disait, Saint-Exupéry ?

Jeannot hausse les épaules.

— Je l'ai lu, mais pas tout...

— Il disait, Saint-Ex : « Toutes les grandes personnes ont d'abord été des enfants... » Et moi, j'ai tout le temps l'impression que les adultes ont oublié qu'ils ont été jeunes !

Une ombre de tristesse se pose sur le visage du jeune aveugle. Jeannot regarde son copain de quinze ans avec tendresse et se met à fredonner « La Mer », de Charles Trenet.

— C'est comment, aujourd'hui, la lumière, dehors, Jeannot ? demande soudain Adrien.

Le chauffeur cesse de chanter, se penche légèrement vers le pare-brise, puis commente d'une voix douce :

— C'est une lumière...

Il hésite un instant.

— C'est une lumière un peu blonde. On vient de passer sur le Pont-Neuf, et la Seine est presque bleue... Il y a des nuages blancs tachés de rose ; des flocons de feuilles de marronniers virevoltent un peu partout, et le soleil finit sa journée derrière Notre-Dame...

— Et les gens, à quoi ils ressemblent ? demande Adrien au moment où un air de reggae jaillit à tue-tête des haut-parleurs du scooter d'un livreur.

— C'est étrange, aujourd'hui tout le monde a l'air en vacances. Les gens ressemblent à des touristes... Ils marchent lentement, presque au ralenti. Il y a plein de jeunes sur les quais qui se tiennent par le cou ou par la main. C'est bien la saison des amours...

Jeannot rétrograde en accrochant une vitesse, jure contre son embrayage « merdique » et reprend plus sereinement :

— L'air est doux... C'est drôle, il y a des jours, comme ça, où tous les gens paraissent beaux. C'est rare, remarque, ça n'arrive pas souvent.

Au moment où le taxi s'engage sur la voie rapide, le jeune aveugle reconnaît la rumeur sourde d'un bateau-mouche qui glisse sous un pont et jouit un instant de la fraîcheur portée par l'eau qui vient mourir en vaguelettes sur les anneaux rouillés de la berge.

— Il y a du monde sur le bateau ? interroge-t-il en se penchant davantage vers l'extérieur.

— Plein à craquer !

Le jeune aveugle rentre la tête, pose une main sur l'épaule de son ami et reprend :

— C'est quoi, pour toi, des gens beaux ?

Le conducteur rejette sa casquette en arrière, lève les yeux au plafond et dit :

— Je sais pas, moi... C'est pas forcément une belle gueule... Ça peut être des attitudes, des regards, une façon de marcher, une silhouette de femme, une paire de jambes gainées de bas noirs transparents...

À travers la vitre, Adrien sent la lumière décroître. Un camion tout proche laisse échapper deux grands bruits de gaz comprimé dans le circuit hydraulique de freins. Le jeune aveugle ressent la vibration de la carcasse métallique toute proche. Il a l'impression d'avoir affaire à un monstre de fer qui pue le caoutchouc, le diesel, l'huile chaude.

— Et pour toi, c'est qui, c'est quoi, quelqu'un de beau ? demande Jeannot.

— Maintenant que je suis bigleux, ce n'est plus pareil. Pour moi, la beauté..., c'est le son d'une voix..., c'est aussi une façon de se déplacer, de serrer une main...

Il parle avec une sorte de solennité qui n'échappe pas au « taxi ».

— C'est aussi la douceur de la peau... C'est l'idée que je me fais d'un visage en le décryptant du bout des doigts...

Adrien réfléchit un instant, se penche par la fenêtre du côté de la Seine, aspire l'air frais qui remonte des berges et précise :

— C'est la voix, la plus importante. Je sens

immédiatement celle qui est franche et celle qui est fausse... Leurs couleurs sont très indicatives. C'est par l'écho d'une voix sur un mur proche que je sais si la personne en face de moi est grande ou petite...

Il penche la tête à l'extérieur. Le vent provoqué par la vitesse tire ses traits. Il tente de résister le plus longtemps possible à la pression, ouvre grande la bouche, s'étouffe, baisse la tête, reprend son souffle, s'offre encore à la violence de l'air déplacé. Une pluie de moucherons lui pique le visage. Des images comme des hallucinations se bousculent en lui : Samira, la bagarre avec Frédéric, le claquement sec de la lame du Laguiole, la silhouette du prof de géo... la partie de foot au cours de laquelle il a perdu ses yeux, son petit frère Jordan qui le soutient et le guide pour l'aider à faire du roller.

Les fragrances poissonneuses qui remontent des bords de la Seine imprègnent ses narines de souvenirs et le ramènent en Bretagne.

Il marche sur la falaise. Le vent est de plus en plus violent.

La tempête est proche. Les rafales de pluie, le ciel brun, les nuages échevelés s'étirent vers l'horizon lourd, effrayant de noirceur... Les ajoncs, la bruyère sont couchés par le souffle impitoyable...

Les bourrelets blancs des vagues roulent, éclatent, creusent la roche aux formes fantomatiques.

Sur la pointe du sentier, la silhouette d'une Bretonne au visage mangé par les embruns, portant un grand châle sur les épaules, qui retient des deux mains une robe noire qui bat ses flans.

Pleine de frissons, elle guette le bateau de pêche sur lequel un mari, un fils, tente de revenir au port. Adrien la voit porter son bras en visière. Elle scrute l'océan rageur. Sur la lande brûlée, elle donne l'impression d'être liée à la terre comme un calvaire insensible aux humeurs des éléments. Le jeune aveugle sait qu'elles sont ainsi, les femmes de pêcheurs, obstinées, patientes, en lutte permanente avec la mer, cette rivale qui s'est nourrie depuis toujours d'hommes et d'enfants.

L'écume blanche emportée dans les airs couvre par endroits d'une neige fragile une pointe de la falaise craquelée. La mousse couleur de rouille, les touffes de lichen comme calcinées par le sel, les ornières noires des chemins qui conduisent aux champs détrempés, tout témoigne de l'hostilité de la nature, de la force de l'océan en colère.

En terre, près de la forêt de Toulfouën, les arbres ploient en tous sens sous la force de ce vent dément qui plaque les fougères, arrache les bosquets, gronde sous les porches, bondit d'un clocher à l'autre et emporte les toitures d'ardoises dans les cours de fermes désertées, mortes.

Adrien rentre la tête et remonte la vitre du taxi. Il est étourdi, presque groggy. Jeannot se retourne, regarde son jeune client et dit :

— Tu as les cheveux en bataille... Tu ressembles à un oiseau.

Il empoigne son volant et se met à siffloter : « Le Déserteur » de Boris Vian. L'adolescent se cale entre les deux fauteuils avant et reprend la chanson avec Jeannot le taxi :

— « Monsieur le Président / Je vous fais une lettre / Que vous lirez peut-être / Si vous avez le temps. / Je viens de recevoir / Mes papiers militaires / Pour partir à la guerre... »

Au feu rouge, d'une voiture décapotable deux jeunes femmes hilares regardent les chanteurs, qui reprennent à tue-tête :

— « Je ne veux pas la faire / Je ne suis pas sur terre / Pour tuer les pauvres gens... »

Jeannot décoche son plus beau sourire — celui à la Gabin — aux occupantes du cabriolet et démarre sur les chapeaux de roue pour témoigner de sa vitalité et de sa jeunesse.

— Tu te prends pour Prost ? demande le jeune aveugle, soudain plaqué par ce démarrage sportif au dossier de la banquette arrière.

Jeannot étouffe un rire :

— Moi ? non... Je fuis le succès, c'est tout !

— Comment ça, le succès ?

— Je peux t'assurer que, tous les deux, on ne déplaît pas aux femmes, remarque Jeannot sans la moindre modestie.

— J'aimerais bien comprendre...

— Tout à l'heure, au feu, il y avait deux femmes qui nous regardaient chanter. Si tu avais vu les yeux qu'elles nous faisaient...

Adrien hausse les épaules, soupire et répond :

— Tu parles... elles n'ont pas dû se rendre compte que j'étais bigleux... et elles n'ont pas vu ta bedaine !

— Quelle bedaine ? demande Jeannot en essayant de rentrer son ventre le plus possible.

Il retient sa respiration et la relâche quelques instants plus tard en soufflant comme un bœuf. L'adolescent a identifié tout de suite l'exercice périlleux auquel son ami vient de se livrer. Il le met en garde sur un ton moqueur :

— Fais gaffe, tu risques l'apoplexie !

— C'est pas tellement ça qui me préoccupe, va ! C'est plutôt que je ne suis plus très gaillard au réveil.

De l'index replié, il frappe plusieurs fois sur l'indicateur de vitesse, qui est bloqué, et reprend, à propos de sa virilité défaillante au chant du coq :

— Je peux t'assurer qu'il y a encore quelques matins je levais les couleurs très fièrement...

Il s'arrête un instant et reprend :

— Il avait une belle allure, l'oiseau ! Mais depuis quelque temps, les ailes sont retombées... Ajoute à ça que je fais de plus en plus de tension... J'aimerais bien avoir ton âge !

— Même bigleux ?

— Même bigleux !

— Je crois que tu ne te rends pas compte comme c'est triste et fatigant d'être aveugle... Et puis ça fout la trouille... Quand j'étais petit, j'avais toujours peur d'être dans le noir... Tu imagines, maintenant ?

Le chauffeur fait non de la tête. Il tend une main vers le cendrier gorgé de cendres blanches et de mégots jaunes de gitanes maïs, l'extrait de la cavité au-dessus de l'autoradio et le vide d'un geste brusque par la vitre. Il ralentit, enclenche une nouvelle vitesse, cale, jure, remet le moteur en marche, refait un démarrage de compétition, se tourne à demi :

— Tu vois, aujourd'hui, tout dans le turbo et plus rien au dodo !

L'adolescent éclate de rire et pose affectueusement une main sur l'épaule de Jeannot le taxi.

10.

Pas de cris, pas de larmes à la maison. Son père et sa mère l'accueillent dans le silence, avec une indifférence froide. Adrien eût préféré une bonne engueulade, un sacré savon... Juste avant de passer à table, Jean-Pierre laisse échapper, les dents serrées :

— Tu aurais pu défrayer la chronique dans le style : « Un jeune aveugle en prison ! »

L'adolescent, piqué au vif, laisse tomber le quignon de pain qu'il grignote et tente d'ironiser :

— Pas en prison : au trou. Au trou noir, bien sûr ! Pour ce qui est du noir, j'ai l'habitude.

— Ce n'est pas drôle, Adrien ! intervient sa mère en entrant dans la cuisine.

Le jeune non-voyant hausse les épaules et tend la main à la recherche de la carafe d'eau sur la table, en prenant garde de ne rien renverser. Son bras se déplace sinueusement entre le saladier, une bouteille de vin, souplement comme le corps d'un serpent glissant autour des objets, qu'il effleure plus qu'il ne les touche... Il finit par localiser la carafe. Il se sert comme à son habitude, en introduisant son index à demi à l'intérieur du verre. Quand il sent le liquide au bout de son doigt, il sait qu'il a atteint le bon niveau.

Ce n'est réellement que le lendemain, toujours au cours du repas, que le ton monte. Son père porte la première attaque :

— Voilà... Tu seras avec moi à la maison, inutile, comme un vrai chômeur !

Il repousse son assiette devant lui, replie sa serviette, tandis que Jordan achève de construire une montagne dans son assiette avec les grains du gâteau de riz.

Il lève la tête en direction de son aîné et attend la réplique qui ne tarde pas à fuser. Cinglant, cette fois, comme s'il répondait à une attaque de Frédéric, le jeune aveugle se redresse, projette le menton en avant et réplique :

— On pourra toujours passer le temps à picoler ensemble si tu veux ?

Il sent aussitôt que son père vient de lever la main et qu'il est sur le point de frapper. Le petit Jordan, qui n'a plus qu'une hâte, maintenant, sortir de table au plus vite, engloutit son dessert à grandes bouchées, d'autant qu'il surprend sur le visage de son frère une expression de rage.

— Allez ! Tape ! Tape ! bégaye ce dernier. Ça te fera du bien ! Allez ! Considère-moi comme quelqu'un de normal, pour une fois. File-la-moi, cette claque !

Adrien provoque son père avec hargne et ressentiment. Il tourne ses mains en tous sens et palpe autour de lui, au hasard, fourchettes, cuillères. Ses oreilles sont brûlantes. Il ne parvient pas à contrôler le tremblement de ses jambes et de ses cuisses sous la table. Il est pâle et son dos est mouillé de transpiration. Son père se lève, traverse la pièce en bousculant les chaises sur son passage et sort en claquant la porte.

— Jean-Pierre ! hurle sa femme, le regard plein de reproches en direction de son aîné.

Adrien ne peut s'empêcher de porter un dernier coup en disant :

— Lui, il sait au moins avec quoi se consoler ! Moi, l'alcool, c'est pas mon truc.

Avec des gestes vifs, syncopés, mécaniques, Laure débarrasse la table. Elle lance :

— Monte dans ta chambre ! Si ton père ne te la donne pas, moi je vais te la donner, cette gifle !

Le ton sur lequel elle vient de s'exprimer, entre les larmes et la colère, finit par troubler le jeune aveugle, qui sort de la pièce tête basse. Il donne l'impression d'avoir perdu ses repères. Il heurte de plein fouet la porte de la cuisine restée entrouverte, bute contre la première marche de l'escalier qui conduit à l'étage, reste un instant bras tendus, indécis, perdu, et finit par trouver la rampe, qu'il empoigne à pleines mains avec un soupir de soulagement.

Adrien reste plus d'une heure assis au pied de son lit sans bouger, puis il se décide à saisir son violon et fait vibrer quelques cordes sans conviction, plutôt pour rompre le silence. Il s'empare enfin de l'archet, se relève, égrène quelques arpèges et attaque les premières mesures d'une sonate de Monteverdi. Quelques instants plus tard, comme attiré par la musique, Jordan pousse timidement la porte. Quand il s'aperçoit de sa présence, l'adolescent cesse de jouer et demande, en forçant son agressivité :

— Qu'est-ce que tu veux ?

D'une voix à peine perceptible, intimidé sur le pas de la porte, l'enfant répond :

— Rien...

— Menteur ! fait l'aîné en reposant son instrument.

— Qu'est-ce que tu jouais ? demande Jordan.

— C'est un extrait des *Vêpres de la Vierge* de Monteverdi.

— Ah ! s'exclame le petit garçon avec une expression admirative.

Il hésite un instant à poursuivre et lance, après un long silence :

— Je suis vachement fier de toi pour la bagarre...

— Fous-moi la paix avec ça ! l'interrompt le jeune aveugle.

— T'es courageux, quand même ! reprend Jordan, les yeux brillants.

— Il n'y a pas de quoi être fier ! dit Adrien plus gentiment.

L'enfant s'engage progressivement dans la pièce avec prudence ; il sait que son grand frère n'aime pas qu'on pénètre dans son territoire. Presque suppliant, il demande :

— Allez ! Fais pas le vache ! Raconte-moi comment ça c'est passé... Je dirai rien aux parents.

Jordan vient s'asseoir audacieusement sur le lit de son grand frère.

— Alors ? Ça fait peur, une bagarre au couteau ?

Adrien prend place à son côté en croisant ses pieds sur la couette de losanges rouges et verts.

— Évidemment, pomme, que ça fait peur.

L'adolescent donne l'impression de fixer intensément le plafond bleuté de la chambre. Jordan refait la boucle des lacets de ses chaussures de basket et dit :

— Oui, mais comme tu le voyais pas, le couteau, peut-être que ça fait moins peur...

Adrien réagit vivement. Il se redresse, effleure involontairement la main de son frère et réplique presque avec soulagement, comme s'il se libérait d'une angoisse :

— Crois pas ça, mon vieux... Peut-être qu'on ne la voit pas, la lame, puisqu'on est bigleux, mais on la sent, on l'entend. Elle siffle, elle murmure, elle frappe l'air, elle découpe autour d'elle...

Il fait de grands gestes devant le visage de son frère pour mieux mimer la scène et déclame presque :

— Elle tourbillonne, virevolte, crisse, grince, et elle finit par laisser des traces...

Adrien relève la manche de son pull et dévoile à son petit frère l'entaille faite par le Laguiole.

— Chapeau ! fait Jordan en sifflant, admiratif.

— Je t'ai dit qu'il n'y a pas de quoi être fier.

— N'empêche, tu l'as quand même planté, l'autre bigleux !

— Il s'est planté tout seul... ou je ne l'ai pas fait exprès. On n'a rien vu !

— Ça c'est sûr, tu n'as rien vu ! conclut Jordan naïvement.

L'enfant regarde autour de lui, cherche des yeux un objet, quelque chose qui retiendrait un instant son attention et qui pourrait faire diversion. Mais la pièce est nue. Tragiquement nue. Il demande alors à son aîné :

— Tu vas en remettre des choses, un jour, sur ton bureau ou sur les murs ?

— J'ai pas besoin. Que veux-tu que j'y mette ?... J'ai mon violon, c'est bien assez !

— Je sais pas, moi, tu pourrais avoir un globe terrestre, on en fait des spéciaux pour les aveugles...

À cet instant, Jordan réalise qu'il vient de faire une gaffe. Adrien réagit très vivement :

— Si tu es venu pour me parler des aveugles, tu dégages ; et si elle ne te plaît pas, ma chambre, tu prends la porte !

Jordan tente de se rattraper :

— Justement, elle me plaît... Dans la mienne, il y a vraiment trop de bordel !

Il se tait puis demande, l'air penaud, du bout des lèvres :

— Je peux rester coucher avec toi ?

Adrien reprend son violon, l'archet, tire de son instrument quelques notes aiguës et demande :

— Pourquoi tu veux rester là ? Tu ne l'as jamais fait...

Dans la chambre, hormis le « tic-tic » régulier de la montre de Jordan qui parvient à percer le silence, tout est calme. L'enfant entoure ses jambes de ses bras et finit par avouer, en avalant plusieurs fois sa salive :

— J'ai souvent la trouille, seul, dans le noir.

— Et c'est seulement maintenant que tu le dis ? s'étonne Adrien.

Le petit garçon, la mine de plus en plus anxieuse, poursuit :

— Si je suis avec toi, j'aurais moins les jetons... Si on nous attaque, tu sais te battre dans le noir !

— Mais qui veux-tu qui nous attaque, pauvre pomme ? interroge Adrien, ému par la peur de son petit frère.

Il sort son Zippo, allume une cigarette, tire une longue bouffée devant lui, dissipe la fumée en se servant de sa main comme d'un éventail et enlève une de ses chaussures, dont il use comme d'un cendrier. Jordan reprend :

— C'est souvent que je rêve qu'on m'attaque. Je suis sûr que je ne le rêverais plus si je reste avec toi.

Jordan parle d'une petite voix, en retenant ses larmes. La main d'Adrien cherche dans le vide et finit par se poser, après quelques hésitations, sur le genou de son frère. Il tire sur sa cigarette éteinte et dit :

— Allez, va, vieille pomme ! Va le chercher, ton matelas...

Il accompagne la sortie de l'enfant en reprenant son instrument sur lequel il interprète les premières mesures du *Concerto pour violon* de Tchaïkovski.

Cela fait plus d'une heure qu'ils chuchotent comme de vieilles commères. Jordan a longuement interrogé son aîné sur la vie à l'internat. Adrien a raconté le quotidien, les profs. Maintenant, une question lui brûle les lèvres. Il hésite, puis se lance avec un petit rire :

— Tu as une amoureuse ?

Le jeune non-voyant ne répond pas. Un sourire erre sur sa bouche. Le petit frère repose la question :

— Je suis sûr que t'en as une ! Si tu ne dis rien, c'est que c'est vrai !

C'est une des premières nuits chaudes de la fin du printemps. La lune, énorme, blanche, trop belle, trop pleine, annonce les mauvaises nuits : celles qui rendent nerveux, inquiets, les hommes et les animaux...

— Alors ? demande à nouveau Jordan.

Le grand soupire et finit par lâcher :

— Oui, j'en ai une..., mais c'est top secret !

— Je ne dirai rien, jure le petit garçon.

Il se retourne plusieurs fois sur son matelas, cherche la meilleure position et s'aventure à poser une nouvelle question :

— Tu as fait l'amour avec elle ?

— Ça, mon petit pote, ça ne te regarde pas !

Jordan n'insiste pas. Ses paupières se font de plus en plus lourdes. Il murmure enfin :

— Tu veux que j'éteigne ?

— C'est comme tu veux. Moi, quand j'éteins, ça veut dire que je vais m'endormir.

— Alors, on éteint !

Quelques instants plus tard, Adrien demande :

— Tu sens comme ça sent bon, dehors ?

Jordan s'est assoupi et n'entend plus son grand frère.

Du jardin remonte le parfum sucré d'un pied de genêt, qui fait une tache jaune d'or dans l'obscurité. Cette odeur rappelle à Adrien le voyage de l'année passée, au cours duquel, en classe verte en haute Ardèche, il a appris à reconnaître en respirant à plein nez l'aubépine, le romarin, le thym, la lavande... C'est aussi en bordure des chemins creux et des sentiers rocailleux qu'il s'est familiarisé avec les noyers, les châtaigniers, les sapins aux branches piquantes. Il a palpé les frênes, humé comme une peau les hêtres et les cerisiers sauvages. Il a planté ses ongles dans la mousse feutrée, aux pieds des jeunes bouleaux, il a apposé longuement les paumes de ses mains sur les troncs noueux et difformes des platanes, au bord de la route départementale, en épluchant de la pointe de l'index des plaques brunes d'écorce craquelée, brûlée par le soleil. Il a appris, là-bas, à écouter le sifflement du vent, le grincement des arbres, le bruissement des feuilles, les craquements dans les bosquets, les roulements du tonnerre et la longueur des éclairs. Il s'est griffé aux ronces gorgées de mûres encore vertes et acides. Il a goûté avec avidité aux senteurs âcres des fougères, en bordure des ruisseaux jalonnés de galets tiédis et dans lesquels, le soir venu, à la fraîche, grenouilles et crapauds rivalisent en chants gutturaux, entre les ululements des chouettes et des hiboux.

C'est encore au cours de ce séjour qu'il a appris à mieux connaître Samira et à deviner que quelque chose de tendre, de doux, de troublant, s'établissait entre eux. Il se rappelle avoir balbutié son premier : « Je t'aime. » Il a murmuré au fond du car, sur le chemin du retour, à l'oreille de l'adolescente, avec une exubérance inhabituelle :

— Je t'offrirai des fleurs couleur de lune. Je serai le seul aveugle à marcher sur un fil au-dessus d'un gouffre. Je serai magicien, alchimiste, poète, toréador, troubadour, astronaute, facteur de lettres d'amour... Je fabriquerai des yeux électroniques pour te voir.

Samira a ri aux larmes, tout en saisissant très fort la main du jeune non-voyant.

Avant de plonger dans le sommeil, Adrien entend encore les oiseaux piailler comme en plein jour et finit par s'endormir dans le souvenir odorant de ces paysages verdoyants, pleins de frémissements.

Au cours des trois journées suivantes, Adrien se consacre passionnément à la musique en compagnie de sa mère, son meilleur professeur. Il tient à se présenter à un nouveau concours et ne s'accorde guère de liberté. Entre deux répétitions dans le salon, son père s'immisce et commente avec un brin d'ironie l'assiduité de son aîné :

— Tu as vraiment remis le pied à l'étrier ?

L'adolescent ne peut s'empêcher de répondre, avec un sourire narquois :

— Oui ! Pour éviter justement de jouer comme un pied !

Laure confirme régulièrement le sérieux, l'assuidité avec lesquels le jeune aveugle travaille son violon. Elle tente de faire preuve d'objectivité, mais ne peut s'empêcher de confier à son mari, avec un réel enthousiasme :

— Il est doué... Il est vraiment doué... Avec plus de travail, il peut envisager une carrière.

Tout en préparant le repas, le regard vague, elle se prend à rêver :

— S'il le veut, il peut devenir premier violon... Professeur, sûrement !

Jean-Pierre manifeste plus de réserve. Il fait observer, en traînant sur les mots :

— Avec le caractère qu'il a et ses pulsions de violence, je n'y crois pas trop !

— C'est sa force, aussi. Il a de la volonté, de la rage, de l'audace. Il est impulsif et mélancolique à la fois... Il faut lui faire confiance !

Laure vient de parler avec fougue. Une rougeur envahit son visage.

Tandis que ses parents évoquent son avenir, le

jeune musicien s'accorde, en cette fin de matinée, une pause dans le jardin. S'il ne sait rien de la lumière dorée qui l'entoure, il goûte avec indolence la caresse du vent. C'est comme de l'eau qui ruisselle sur son corps. En short, le torse nu, allongé sur une chaise longue, il ne se lasse pas de ce plaisir simple. Il sent sur sa poitrine quand un nuage voile le soleil. Quand l'air se fait plus chaud, ses narines, ses paupières se contractent et toute sa peau est en effervescence. Les écouteurs de son Walkman sur les oreilles, une partition en braille sur les genoux, il répète mentalement l'une de ses interprétations. Des images germent dans sa tête. Il sort de sa nuit et se voit courir dans les prés, dévalant des collines. Il reprend son souffle au cœur d'une vallée baignée de brume blanche, boit l'eau d'une rivière où s'étalent paresseusement des nénuphars et des roseaux à la tête ébouriffée. La nature et la musique se font complices en lui.

L'arrivée du petit Jordan rompt d'un coup cette harmonie. L'enfant tire son grand frère par le bras. Il le croit endormi. Adrien enlève ses écouteurs et s'apprête à réagir vivement, mais le rire pétillant de Jordan a raison de sa mauvaise humeur.

— Tu sais, Adrien, depuis que j'ai dormi dans ta chambre, je n'ai plus peur dans le noir...

— T'es un champion ! répond l'aîné.

Il se relève à demi, s'étire comme après une longue sieste, bâille, passe une main dans les cheveux de son petit frère et ajoute :

— Tu sais, le noir, ça ne doit pas faire peur. Ça permet d'imaginer plein de choses.

Adrien enlève ses écouteurs, qu'il glisse sur la tête de Jordan :

— Tiens, mets ça. Ferme les yeux, pose ton cul dans l'herbe et écoute.

Très vite, l'enfant donne l'impression d'être ailleurs. Les yeux mi-clos, il fredonne, et un sourire de grâce et de satisfaction se dessine sur ses lèvres... Quelques instants plus tard, comme étourdi, il se défait du Walkman et bafouille :

— C'est super ! C'est toi qui joues ?

Adrien acquiesce en s'allongeant sur la chaise longue. À distance, sur la terrasse, le père des deux enfants observe la situation. Il est ému par leur complicité et se reproche une nouvelle fois de ne pas avoir su établir un contact plus chaleureux avec l'aîné.

Le petit Jordan s'éloigne. Adrien reprend sa partition et ses écouteurs en battant vigoureusement la mesure. L'adulte s'apprête à entrer dans le salon, se ravise, traverse le jardin d'un pas indécis, ralentit derrière Adrien, s'approche, pose sa main sur sa tête, fourrage hâtivement dans ses cheveux et s'éloigne aussitôt du côté de la cabane aux outils, sans se retourner. La scène n'a pas duré plus de cinq secondes. Elle a été assez longue, cependant, pour faire frissonner le jeune aveugle, qui retire brutalement ses écouteurs et appelle, d'une voix chargée d'émotion :

— Papa ?

— Oui ? fait l'homme, étonné, en pivotant lentement.

Le ton sur lequel son fils vient de le solliciter, comme un cri jaillissant du cœur, le saisit et le bouleverse. Adrien, tout aussi surpris, laisse tomber d'une voix basse :

— Rien... Non, rien.

Le père laisse échapper un soupir et un « ah bon » qui indiquent toute sa déception. Alors le jeune aveugle, bras tendus, se lève et marche vers lui sans aucune hésitation. Quand il identifie l'odeur de son eau de toilette, il sait qu'il est parvenu à sa hauteur. Comme s'il cherchait, de ses yeux qu'il n'a plus, le regard de son père, il dit, sur le ton de la confidence et de la compréhension :

— Maman m'a dit, tu sais ?

— Qu'est-ce qu'elle t'a dit ? interroge le père, intrigué.

— Elle m'a expliqué tous les efforts que tu fais, et que tu suis les réunions des alcooliques anonymes...

Adrien hésite à poursuivre et ajoute, à mi-voix :

— Je suis fier de toi...

— Moi aussi, je suis fier de toi ! répond l'adulte en étreignant son fils aîné.

Sur la terrasse, cette fois, c'est Jordan et sa mère qui observent la scène...

Au cours des dernières quarante-huit heures, Adrien a répété plus de cinq heures par jour. Il a tenté entre deux répétitions de joindre Samira par téléphone à l'internat. On lui a répondu que ce n'était pas possible. L'adolescent comptait sur son soutien pour le jour du concours.

11.

Après avoir tourné un long moment pour garer la voiture, la famille se retrouve dans le hall du conservatoire d'arrondissement, près de la Maison de la radio. Adrien a immédiatement ressenti la tension chez les candidats, en file indienne devant le préposé chargé d'indiquer l'ordre des passages. Il est maintenant dans cette salle redoutée, imprégnée d'odeurs froides.

— Ça sent le renfermé, laisse échapper le petit Jordan.

Adrien sait que le jury se tient devant une table constituée d'une large planche posée sur des fauteuils et éclairée par une lampe de bureau au bras flexible. Elle est recourbée au plus bas et déploie un halo jaune sur des pages blanches remplies de notes et de commentaires qui resteront secrets. Le jeune aveugle est le prochain candidat. L'élève qui est devant lui interprète un extrait d'une sonate pour violon de Schubert. Le public est essentiellement composé des familles. Adrien sent la sienne particulièrement soudée autour de lui. Applaudissements dans la salle. Une voix, dans les derniers rangs, l'invite à se présenter.

— Tu veux que je t'accompagne ? chuchote son père.

— Non... Dis-moi seulement combien j'ai de rangées avant la scène.

— Trois... Seulement trois, précise l'adulte, la voix légèrement tremblante.

Adrien saisit le violon, l'archet, et se dirige vers l'estrade en effleurant les fauteuils du bout des doigts. Il monte les marches étroites de l'escalier et rejoint le piano à queue où l'attend une accompagnatrice. Il a choisi d'interpréter la *Sonate pour violon et piano en mi-bémol majeur* de Mozart. Il ferme les yeux.

Dès les premières mesures, un grand silence s'établit dans la salle. Le jeune aveugle ajoute à sa technicité, à sa maîtrise de l'instrument, tout ce qui caractérise son tempérament, sa sensibilité particulière. Ses doigts légers courent sur les cordes, et l'archet se fait tour à tour violent, doux, fougueux. Les sons qui s'échappent portent le rêve, la mélancolie, tous les accents de la vie. Il y a du tumulte, de la révolte, de la tristesse, de la nostalgie dans l'interprétation du jeune non-voyant. Dans la salle, au troisième rang, le cœur de la famille bat à l'unisson. On ne saurait dire qui redoute le plus la fausse note. Jordan plante ses ongles dans la paume de la main de sa mère, qui retient son souffle. Le père, lui, n'en finit plus d'essuyer son front et ses tempes moites de transpiration.

Adrien joue passionnément. La musique qui sort de l'instrument donne l'impression de s'échapper de son corps. Son visage est tendu, mais le léger frémissement de ses lèvres indique toute sa joie, tout son bonheur. Il est hors du temps, de lui-même, de la raison. L'univers musical est pour lui comme une seule symphonie pleine de mystères, qui exalte, conduit tout à la fois à la démesure, à la sérénité et à la béatitude... Tout est vibration en lui. Il joue pour sa famille, pour Samira et pour tous les jeunes aveugles...

Les applaudissements qui surgissent ne saluent pas seulement le « sans faute » que vient de réaliser l'adolescent.

Ce nouveau premier prix se fête très tard, à la maison. Adrien boit plusieurs coupes de champagne qui finissent par lui tourner la tête et il s'endort, heureux, dans l'impatience de retrouver son amie à l'internat, le lendemain.

Pour la première fois de sa vie, il franchit le grand portail sans appréhension, plein de hâte et de fébrilité à l'idée de retrouver Samira. Mais sa joie est de courte durée. Lors de leur première rencontre dans le grand couloir, Adrien sent immédiatement que l'adolescente est tout en retenue. Encombré de son sac à dos et de son étui à violon, il se débarrasse de son fardeau pour l'étreindre sans se soucier de la présence des autres élèves amblyopes et des éducateurs. Elle a un geste de recul, et dit, d'une voix atone :

— Il faut que je monte, je ne vais pas en classe ce matin...

— Tu es malade ?

— Je suis un peu faible...

Sans plus d'explication, elle s'écarte et prend lentement le chemin des dortoirs. Surpris, Adrien écoute sans réagir le bruit mat de la canne blanche de Samira s'éloigner en hésitant plus que de coutume. Chacun de ses pas donne l'impression d'être évalué, pesé. Elle se déplace tête baissée, comme si elle cherchait quelque chose. Elle semble tituber et se rattrape aux murs tantôt à gauche, tantôt à droite. Au coin du couloir, elle heurte de plein fouet un autre non-voyant. Elle frotte son front rougi et disparaît dans la cage d'escalier...

Durant le cours de géo, le jeune aveugle n'est pas particulièrement sensible, cette fois, à la présence troublante de son professeur. C'est Frédéric qui décèle son inquiétude. Il vient vers lui et glisse à son oreille, avec un ton inhabituel chez lui, à la fois amical et complice, presque affectueux :

— Samira, elle va mal ! Elle refuse de bouffer. Les éducs disent qu'elle est en train de devenir anorexique.

— Anorexique ! Mais pourquoi ?

Frédéric s'approche un peu plus près et poursuit :

— Ils lui ont fait rencontrer le psy et il a dit, toujours d'après les éducs, qu'elle refusait sa cécité. Elle ne veut pas aller aux cours de locomotion et refuse de poursuivre l'apprentissage du braille... Elle ne veut voir personne et elle ne veut pas non plus retourner dans sa famille.

Adrien, grave, le visage sombre, laisse apparaître immédiatement un sentiment de culpabilité :

— C'est ma faute. J'avais promis de l'aider...

— C'est la mienne aussi, admet Frédéric.

Il soupire et ajoute :

— Si on n'avait pas fait les cons, on n'aurait pas été virés !

Les semaines suivantes, Adrien ne parvient pas davantage à rencontrer Samira. Une seule fois, en pleine nuit, il s'aventure dans le dortoir des filles, tandis que Frédéric fait le guet. Il tente d'identifier le lit de son amie, s'égare, et l'arrivée d'une éducatrice l'oblige à interrompre ses investigations. Il se dissimule dans les douches et regagne ensuite sa chambre. Quelque temps plus tard, il apprend que l'état de santé de Samira s'est dégradé et qu'elle a été hospitalisée. Un mercredi après-midi, il obtient du chef d'établissement l'autorisation de rendre visite à son amie.

Depuis près d'une heure il est là, sur le côté du lit, à écouter le léger sifflement de la respiration de la malade. Les odeurs de la pièce lui rappellent de mauvais souvenirs. Il sait, sans voir, la présence de tout ce qui l'entoure : la table de nuit avec le petit casier qui abrite le bassin transparent, la chaise en plastique tressé qui laisse des marques sous les fesses et les cuisses, l'armoire métallique vide, la serviette et le gant dans le cabinet de toilette...

L'infirmière est passée deux fois pour vérifier le goutte-à-goutte et elle a remonté le drap sous le menton de Samira. Adrien ne sait rien de la blancheur, de la maigreur du visage de la jeune fille. Tout à l'heure il a juste posé une main sur son front qu'il a trouvé glacé. L'infirmière fait une nouvelle apparition et dit, d'une voix impersonnelle :

— Elle ne va pas tarder à se réveiller...

Puis, changeant soudain de ton, elle ajoute, avec plus de compassion :

— La pauvre gamine... Elle ne parle pas beaucoup non plus...

Samira entrouvre ses paupières et tourne légèrement la tête sur le côté.

— Qui est là ? demande-t-elle d'une voix fatiguée.

La gorge serrée, l'adolescent ne répond pas immédiatement.

— C'est toi, Adrien ? interroge-t-elle une nouvelle fois.

Elle sort une main de dessous les couvertures et tend le bras. Adrien fait le même geste au même moment. Ils se cherchent dans le vide, leurs doigts finissent par s'unir. Ils sont dans l'incapacité, l'un comme l'autre, de prononcer un mot. Seuls les bruits d'allées et venues dans le couloir de l'hôpital troublent le silence de la chambre. Une toux succède à un gémissement recouvert par des pas qui claquent sur le carrelage lessivé à l'eau de Javel.

— Tu me manques, dit enfin Samira.

Adrien déglutit plusieurs fois avant de répondre, la voix prise par l'émotion :

— Je donnerais tout... pour te voir !

Il marque un temps, ravale ses sanglots et ajoute, le cœur gros :

— C'est la première fois que je me sens si malheureux de ne pas avoir mes yeux !

Samira tente de se relever sur un coude. Elle est prise d'une quinte de toux qui alerte l'infirmière.

— Vous me la fatiguez ! dit-elle en se tournant vers l'adolescent.

Elle remonte les oreillers après les avoir violemment battus, puis ajoute en sortant, fronçant les sourcils :

— Cinq minutes, pas plus, hein ?

Samira se recroqueville dans son lit et murmure, avec une voix de petite fille :

— Elle est méchante, cette infirmière ! Les autres, celles de la nuit, elles sont plus gentilles...

Adrien, qui cherche à faire sourire son amie, dit alors :

— C'est normal, la nuit les gens sont plus gentils... Et nous, on est gentils puisqu'on est toujours dans la nuit !

L'adolescente soupire, cherche une bouffée d'air et reprend, pleine de tristesse :

— J'en ai marre d'être ici. Je veux sortir !

— Pour sortir, il faut que tu te décides à manger ! réplique le jeune aveugle.

Samira laisse couler des larmes trop longtemps retenues et supplie :

— Fais-moi sortir d'ici, Adrien.

— C'est pas possible. Il faut que tu te remplumes, t'es maigre comme un coucou !

Il tâte son avant-bras et sa cuisse la plus proche. L'air est lourd dans la pièce. L'adolescent n'aime vraiment pas cet endroit. Il lui fait peur. Il en déteste les odeurs d'éther, de propre, les bruits étouffés, les silences. Il se lève, croise les bras dans son dos. Samira sent son changement d'attitude :

— Ne me tourne pas le dos ! dit-elle presque brutalement.

L'adolescent pivote aussitôt sur lui-même tandis que la jeune non-voyante reprend :

— Si je mange, tu m'aideras à sortir ?

— Tu me fais du chantage...

Il marque un temps de réflexion et conclut :

— Oui, si tu manges...

Samira pousse un soupir.

— Mais je ne veux pas retourner à l'internat, et chez moi non plus !

— Où, alors ?... t'es folle..., fait Adrien en déposant un baiser sur la main froide de l'adolescente.

— Je veux qu'on parte tous les deux !

— Tu nous imagines ? Les deux bigleux en vadrouille ?

Un beau sourire illumine le visage de Samira.

— Je m'accrocherai à ton épaule, tu me guideras,

tu te débrouilles bien, toi ! Tu m'emmèneras en Bretagne...

Un pli d'inquiétude marque le front du garçon.

— Et avec quel argent on vivra ?

Samira bâille et dit :

— Tu prendras ton violon et tu joueras aux terrasses des cafés...

Adrien enfonce ses poings dans les poches arrière de son jean et s'exclame :

— Non, alors ! Tu m'imagines jouer du Mozart dans la rue !

— Tu le ferais bien pour moi..., dit Samira d'une voix qu'elle tente de rendre enjôleuse.

Elle baisse lentement les paupières. La fatigue s'empare d'elle à nouveau. L'adolescent se penche doucement sur son visage, embrasse ses lèvres, saisit sa canne blanche et sort de la chambre à pas feutrés, en prenant d'infinies précautions pour ne rien heurter. Dehors, un violent soleil s'attaque aux façades de l'hôpital...

Sous les voûtes qui gardent toujours un peu de fraîcheur, des malades en robe de chambre, les pieds enfermés dans d'épaisses charentaises, vont et viennent, cherchant à rompre leur ennui en épiant toutes les allées et venues des visiteurs. Ils se retournent d'une seule tête sur le passage du jeune aveugle. Adrien sait qu'il est suivi par de multiples paires d'yeux qui s'apitoient sur lui, et il devine qu'en regard de son handicap les malades relativisent leurs propres maux...

— Alors, comment va-t-elle ? demande Frédéric, l'air anxieux.

— Pas très bien, dit Adrien d'une voix qui tremble.

Ils se sont retrouvés dans la salle de musique la plus exiguë, où le jeune musicien a l'habitude de répéter. Il connaît parfaitement l'étroitesse du lieu, car il suffit de tendre les bras pour toucher les deux murs opposés, mais c'est là qu'il se sent le mieux pour travailler son violon. Une odeur indéfinissable mais agréable imprègne l'endroit qui était proche, jadis, de l'économat et servait à stocker les confitures fraîches d'abricots, de fraises, de mûres et de coings...

Adrien raconte à Frédéric l'hôpital, les propos tenus par Samira... Ils sont maintenant assis l'un en face de l'autre. Adrien sur un tabouret de piano au cuir râpé et éventré, Frédéric sur une chaise légèrement bancale. Ce dernier dit avec conviction :

— Elle a raison, il faut la tirer de là !

— Bien sûr ! Mais avant de trouver un moyen de la sortir de là, il faut vraiment la convaincre de manger ! Et pour ça, je ne suis pas certain de l'avoir décidée...

Frédéric, l'air perplexe mais plein de bonne volonté, dit alors :

— Si toi, tu ne réussis pas, j'ai encore moins de chances... mais je veux bien essayer.

Il se tait un instant, passe une main dans ses cheveux, qu'il porte très court, et demande :

— Pourquoi elle ne veut pas retourner chez elle ?

Sa voix résonne dans le silence de la pièce. Adrien secoue la tête et explique :

— C'est la guerre avec sa belle-mère et ça bloque à cause de ça avec son paternel. En fin de semaine, elle préfère rester à l'internat plutôt que de rentrer...

Il ne voit pas l'expression de compassion passer sur le visage de Frédéric, qui lance :

— Comme si ça suffisait pas d'être bigleux !

— Ça fait souvent honte aux parents d'avoir des enfants aveugles...

Qui verrait à cet instant l'attitude, la complicité des deux jeunes aveugles, ne pourrait jamais supposer à quel point ils se détestaient quelques semaines plus tôt. Ils ont fait miraculeusement table rase de leurs griefs, de leur jalousie, de leur rivalité. Dans leur combat, ils sont allés au bout de leur énergie. Ils ont frôlé un vrai danger. Cette bagarre au couteau et le désarroi de Samira ont fini par les rapprocher en éveillant leur solidarité, leur générosité.

— Qu'est-ce qu'on a été cons ! reprend Adrien en soupirant.

— Moi, surtout ! proteste Frédéric qui revendique toute la responsabilité de leurs différends.

La conversation tombe aussitôt. Ils n'ont plus envie, maintenant, de parler du passé. Frédéric rompt enfin le silence. Il dit, en essayant de maîtriser son enthousiasme :

— C'est incroyable ce que tu as fait comme progrès au violon...

Adrien ne réagit pas vraiment au compliment inattendu. Frédéric ajoute :

— Avant de pousser la porte, j'ai cru que tu écoutais une cassette de professionnel...

Cette fois, le jeune musicien laisse échapper :

— Je suis assez nul comme ça en classe ! Il faut bien que ça marche un peu quelque part...

— Un peu ? C'est génial, ouais ! Tu touches vachement !

Une rougeur envahit le visage d'Adrien, qui interroge à son tour :

— Et toi, tu n'as pas repris le piano ?

— Terminé pour moi, la musica ! J'ai laissé tomber.

Il pousse un long soupir et ajoute :

— J'ai surtout arrêté pour faire chier mes vieux... Ils me gonflaient avec le solfège !

Dans le grand couloir tout proche, la pendule sonne lourdement neuf heures du soir. L'adolescent ajoute, la voix légèrement voilée :

— En réalité, ils me gonflent avec tout !

Quelque chose d'enfantin apparaît sur le visage de Frédéric. Il poursuit, avec un sourire triste :

— Eux, ils ne me voient pas autrement qu'en accordeur de piano, alors que, moi, je veux faire du théâtre... Je veux être acteur. Je pourrais interpréter des rôles d'aveugle. Je serais forcément meilleur que ceux qui jouent à l'aveugle.

Adrien ne peut s'empêcher de rire. Les battants d'une porte crissent non loin de là et se referment brutalement. Frédéric reprend :

— Tu rigoles parce que tu n'as jamais remarqué, dans les films, que celui qui fait le non-voyant, il est mauvais. Moi, je le sens au bruit de la canne, au déplacement, à sa voix...

Adrien sourit une nouvelle fois et fait remarquer, avec un accent de regret :

— C'est quand même dommage que tu aies arrêté le piano !

Il reprend son archet et le violon qu'il cale sous son menton. Aux premiers arpèges que laisse échapper le jeune musicien, Frédéric lance :

— Je n'ai pas dit que je ne m'y remettrai pas ! Mais cette fois, ça sera pour moi...

Ses paroles sont couvertes par l'instrument. Il se lève pour laisser travailler Adrien.

— Reste, si tu veux ! fait ce dernier en reprenant son souffle.

Il pince deux cordes qui font un petit bruit sec en résonnant dans la pièce et dit, un peu solennellement :

— Je vais te jouer un bout de la sonate pour piano et violon avec laquelle j'ai décroché mon dernier prix.

Il pince à nouveau les cordes, soupire et ajoute, incrédule :

— Si tu avais poursuivi, patate, tu aurais pu m'accompagner ! On aurait fait un duo d'enfer !

Les notes emplissent aussitôt la petite salle de musique, puis s'enfuient sous la porte, caressent les murs silencieux des couloirs, se faufilent ici et là, du réfectoire à la chapelle, serpentent dans les étages, pénètrent discrètement dans les dortoirs, rebondissent sur les tapis moelleux du gymnase, se glissent dans la bibliothèque où les élèves interrompent leur lecture des volumineux livres en braille. Ils lèvent la tête et se laissent inviter au rêve, au mystère, au bonheur qui permet d'oublier pendant quelques instants les blessures, les cicatrices, l'injustice qui ont marqué trop tôt leur vie d'enfant aux yeux clos...

Le noir de la nuit, qui n'est pas le noir des aveugles, enveloppe l'internat. Pour Adrien, Frédéric et tous les jeunes non-voyants, l'obscurité du soir se repère de multiples manières. Elle a des odeurs, portées par le vent, les courants d'air, odeurs légères d'été, safranées, parfois étouffantes ou âcres, acides, rances... Elle a pour eux des froissements particuliers, des bruits étouffés ou amplifiés : craquements de planchers, bourdonnements d'insectes, bruissements d'ailes, rumeurs, chuchotements, rires qui n'ont pas la sonorité du jour.

Adrien et Frédéric regagnent maintenant leur dortoir sur la pointe des pieds. L'habitude qu'ils ont de l'obscurité totale rend leur déplacement facile. Ils se repèrent également en écoutant les respirations de leurs camarades. Frédéric sait parfaitement différencier, comme il dit, « les ronfleurs, les rêveurs, les péteurs, les branleurs, des bons dormeurs... ». Avant de se séparer pour rejoindre leur lit, il murmure, en agrippant Adrien par la manche :

— Alors, qu'est-ce qu'on fait, pour Samira ?

Le visage du jeune aveugle se contracte légèrement. Il hésite avant de répondre :

— Elle est trop faible pour qu'on puisse l'aider à

sortir maintenant. Il faut attendre une semaine ou deux et préparer un plan...

— Et où on va la planquer ? demande Frédéric, tout exalté.

— Il faut y réfléchir... Couchons-nous. La nuit porte conseil, n'est-ce pas ?

Adrien se glisse vers son lit. Il se déshabille avec des gestes lents, cherche du plat de la main le bord du matelas, soulève son oreiller pour saisir la veste de son pyjama, qu'il enfile en murmurant :

— Ne pas attacher Pierre avec Paul !

Il insère son index de la main gauche dans la boutonnière du haut, ramène de sa main droite, entre le pouce et l'index, un bouton qu'il glisse avec précision dans la petite ouverture ourlée. Il procède ainsi avec la même habileté jusqu'à ce qu'il ait fermé entièrement sa veste. Il se glisse dans les draps et trouve aussitôt le sommeil...

12.

Jeannot le taxi ne se défait plus de son air à la Gabin : celui des mauvais jours. Regard fixe bleu acier, menton proéminent, nez pincé, légèrement sanguin, il répète obstinément :

— Non et non ! Je ne participerai pas à vos combines...

Adrien n'en finit plus de l'implorer :

— Il n'y a que toi pour nous aider, Jeannot. Les autres adultes, tu sais bien qu'ils ne peuvent pas comprendre ce genre de truc. Ils sont trop sérieux, trop vieux.

L'homme, plus « Pépé le moko » que l'original, remet en place sa casquette sur le côté. Il a tendance à en rajouter énormément dans le style ancien légionnaire au grand cœur. Pour l'odeur, ce n'est pas le sable chaud, chez Jeannot. Il a plutôt tendance à s'asperger abondamment d'un après-rasage de Prisu qui laisse de longs effluves sucrés derrière lui.

— Allez, fais pas le vache ! On te demande juste de la prendre à ton bras pour sortir... Comment veux-tu qu'on y parvienne, nous? On va se faire choper immédiatement!

L'adolescent s'est installé exceptionnellement sur le siège avant. En étant plus près de Jeannot, il a le sentiment d'être plus convaincant. Il pose une main sur l'avant-bras noueux du chauffeur et le secoue énergiquement :

— Allez, aide-nous, quoi!

— Non, je te dis! Je ne veux pas d'embrouilles avec vos parents...

Si Jeannot le taxi persiste à répondre par la négative à la sollicitation du jeune aveugle, le ton de sa voix est pourtant moins ferme, et son visage se décrispe progressivement. C'est à peine si Adrien l'entend dire :

— Lâche-moi! On va avoir un accident si tu continues à me secouer comme un prunier!

— On ne risque rien. Je sens bien qu'il n'y a pas beaucoup de circulation : ça pue moins la bagnole et ça file dans ton couloir réservé.

Il baisse la vitre, expose sa main au vent, la laisse retomber sur le côté de la portière, qui a gardé l'empreinte chaude du soleil après un stationnement prolongé d'avant l'internat, et dit :

— Si tu ne le fais pas pour nous, fais-le pour elle!

Adrien est attentif à la moindre vibration dans le véhicule, au plus petit geste de Jeannot, à sa respiration, à ses soupirs, au tambourinement de ses gros doigts sur le levier de vitesse, et au crissement de sa main dans ses cheveux raides. Ainsi, il tente de deviner si l'homme fléchit un peu. Le jeune aveugle reprend d'une voix douce, avec l'assurance d'avoir trouvé le ton juste :

— Elle veut seulement passer deux jours en Bretagne, tu comprends ? On la ramène le dimanche soir !

Il poursuit, en martelant ses mots :

— Elle a besoin de ça pour se retaper ! L'air marin lui rouvrira l'appétit, c'est sûr...

Il se tait un instant, puis ajoute gravement, en baissant de ton :

— Si on la laisse comme ça, Jeannot, elle va finir par mourir...

— Ne dis pas de bêtises, tu veux ! réplique le chauffeur, agacé.

Il donne un violent coup de klaxon alors que rien devant lui, ou sur les côtés, n'entrave la circulation.

— Ne me joue pas la grande scène de l'agonie, Adrien !

L'adolescent, qui ne se laisse pas impressionner, renchérit :

— Tu sais comment ça s'appelle ce que tu fais, Jeannot ?

Il se penche vers le conducteur. Ils sont épaule contre épaule.

— Je ne veux pas le savoir !

— Je vais te le dire quand même. Ça s'appelle : non-assistance à personne en danger !

Jeannot, congestionné, donne un coup de poing sur le volant recouvert de sa protection en laine et hurle :

— Bon sang, elle est forte, celle-là ! *Non-assistance à personne en danger !* Comme tu y vas, mon coco ! Ils ne manquent pas de culot, les petits bigleux, cette année !

— Et en plus, tu nous traites de bigleux ! s'exclame Adrien en forçant son indignation.

— Vous vous gênez peut-être, entre vous, pour vous traiter comme ça !

— Entre nous, c'est pas pareil. C'est un signe de reconnaissance et parfois une marque d'estime. Pour vous, les voyants, c'est une insulte, c'est du rejet, du racisme...

Jeannot claque des lèvres, comme pour indiquer au garçon : « Arrête donc tes sornettes. » Il se croit obligé, pourtant, d'ajouter :

— Tout de suite les grands mots et la maladie de la persécution ! Tiens, je préfère me taire.

Il se met aussitôt à siffler un de ses grands succès : « À bicyclette. » Mais le cœur n'y est pas, le souffle non plus. Le jeune aveugle lance presque méchamment :

— Il t'est resté à travers la gorge, ton sifflet...

Puis, sur un ton plus moqueur, il ajoute :

— C'est ta mauvaise conscience qui fait que tu siffles faux !

Le reste du voyage se passe dans le silence. L'adulte et l'adolescent ne jugent pas utile de prolonger leur discussion sur l'hypothétique évasion de Samira. Adrien penche la tête par la portière et se laisse griser par le vent qui bourdonne dans ses oreilles et gonfle ses narines. Les bruits désordonnés de la ville crépitent dans sa tête, envahissent peu à peu son corps et font battre son cœur de plus en plus vite ; sonorités dans le même temps détachées les unes des autres et unies, superposées, formant une cacophonie agressive à laquelle Adrien tente de résister en l'assimilant à un tapage musical aux résonances multiples, qui finissent par coexister et par devenir presque harmonieuses. Place du Châtelet, le taxi ralentit.

— Merde ! jure Jeannot, c'était trop beau, faut que ça bouchonne !

Il se tourne vers Adrien et lance :

— Rentre la tête ! Un de ces jours, tu vas te prendre un motard ou un rétroviseur !

L'adolescent obtempère et dit, avec un air de dégoût :

— Je préfère les odeurs de circulation à celle de ta plaquette de désodorisant qui envahit ta bagnole...

Sa main tâtonne sur le tableau de bord à la recherche de la pastille plastifiée. Il tente de la décrocher, n'y parvient pas et ajoute alors :

— J'ai l'impression d'être sur des chiottes à roulettes !

— Si ça ne te plaît pas, tu n'as qu'à changer de voiture et de chauffeur, monsieur le délicat, réplique Jeannot, vexé.

— Ça pourrait bien se faire ! reprend Adrien, presque amusé par la situation.

Leur dispute ressemble une fois de plus aux querelles d'enfants, excessives, mais vite oubliées. Pourtant, Jeannot ajoute, comme s'il souhaitait planter une dernière banderille sur le jeune taureau impulsif et arrogant :

— Et puis c'est pas parce que vous êtes aveugles qu'on va céder à tous vos caprices et qu'on va vous laisser nous marcher sur les pieds !

Adrien a retrouvé la maison avec plaisir, d'autant plus que les relations avec ses parents sont maintenant plus cordiales, plus affectueuses. Son père a fini par retrouver du travail dans un cabinet d'architectes et poursuit avec persévérance ses réunions à l'association des alcooliques anonymes. Le petit Jordan se réjouit également de ce bonheur retrouvé, et exprime dans le jardin, sans retenue, toute sa joie à l'occasion de son anniversaire. Son grand frère accompagne l'arrivée du gâteau traditionnel, avec les huit bougies, en jouant au violon : « Happy birthday »...

Le vent fait vaciller les petites flammes rouges, blanches et violettes. Ce soir de juin est tout à fait lumineux. La lune laiteuse, soulignée par un léger trait de nuage, s'est posée au-dessus de la maison. Adrien sent sur son visage l'air qui a gardé un peu de la chaleur de la journée. Les odeurs de la nuit se répandent autour de lui. Il est très vite grisé par les senteurs du chèvrefeuille qui court en grappes le long de la gouttière, et par les roses aux pétales légèrement flétris. Elles ont cherché tout l'après-midi un peu d'ombre entre les volets bleus... Le merle habitué de la maison est également de la fête. Le jeune aveugle sait qu'il est sur le pignon, à l'autre extrémité de la cheminée. Oscar vient se frotter longuement aux jambes de son jeune maître. Aujourd'hui, il l'accompagne dans tous ses déplacements, comme s'il souhaite rappeler qu'il est chien d'aveugle et qu'il conviendrait de le solliciter plus souvent.

L'adolescent cesse de jouer un instant. Son petit frère approche du gâteau posé sur la table de jardin, au milieu des fruits et des boissons.

— Il y en a bien huit ? demande-t-il en bombant le torse et en se tournant vers sa mère, qui acquiesce en souriant.

Adrien reprend son archet et enchaîne sur l'air entraînant et joyeux de « Kalinka », accompagné par ses parents qui frappent gaiement dans leurs mains.

— Allez, vas-y, Jordan ! s'exclame Jean-Pierre.

Le petit garçon souffle ses huit bougies en une seule fois. Applaudissements, embrassades, rires se succèdent. Une expression de tristesse assombrit soudain le visage d'Adrien. Il se souvient de ses huit ans... pas si lointains. Enfant comme les autres avant l'accident, il se rappelle avec quelle joie il avait fêté le retour des États-Unis de son père, parti plusieurs semaines en congrès d'architectes. Durant son absence, Adrien avait poussé d'un seul coup. Jean-Pierre s'en était étonné longuement... L'adolescent se souvient encore de son exclamation : « Mais tu es un vrai petit homme ! » Le petit homme avait passionnément enlacé ce papa trop longtemps absent, qui lui jurait de ne plus jamais s'éloigner de la famille.

Aujourd'hui, malgré l'équilibre familial rétabli, Adrien n'est pas heureux. Il se reproche, en réalité, d'avoir eu recours au mensonge, quelques heures plus tôt. Pour aider Samira à quitter l'hôpital, il a prétexté une invitation en Bretagne des parents de Frédéric pour le week-end prochain. Remarquant son air sombre, Laure demande, en achevant de couper le gâteau :

— Quelque chose ne va pas ? Tu fais une drôle de tête...

— Non... Je me disais que je devrais changer les cordes de mon violon.

Il baisse la tête et se balance légèrement d'un pied sur l'autre. Son changement si soudain d'attitude n'a pas échappé non plus à son père. Il s'approche de lui, pose une main affectueuse sur son bras et interroge à son tour d'une voix douce :

— Tu n'as pas d'ennuis, Adrien ?

— Non, je t'assure, dit-il d'une voix mal assurée.

Laure intervient une nouvelle fois en jetant d'abord un coup d'œil inquiet vers son mari :

— Tu tiens vraiment à l'emporter en Bretagne pour si peu de temps, ce violon ?

— Tu sais bien que je dois travailler tous les jours, répond-il en fourrageant dans ses cheveux.

— L'air de la mer, l'humidité, ça ne va pas l'arranger...

— Je ne vais pas jouer sur la plage, maman...

Adrien parle sans la regarder. Il fait mine d'être très absorbé par le réglage des cordes de l'instrument. Puis, à la demande de Jordan, il reprend : « Kalinka ». Le petit garçon, la bouche pleine de gâteau, l'accompagne en frappant vivement dans ses mains.

Bien qu'il ne soit pas, en la circonstance, du côté de la loi, Jeannot le taxi a, cette fois, la physionomie de Gabin dans le registre « Inspecteur Maigret ». Depuis un moment, il guette dans le hall de l'hôpital les allées et venues de l'infirmière de service. Absorbée par les appels multiples des malades, elle n'a pas remarqué sa présence.

Elle va d'une chambre à l'autre, distribuant ici et là les doses de sédatif.

Jeannot, d'une grande nervosité, se demande encore pour quelle raison il a fini par se laisser embarquer dans cette histoire. Il bougonne, en s'engageant dans le couloir désert :

— Mais qu'est-ce que je fais dans cette galère ? Si je me fais piquer comme complice : adieu ma licence de taxi !

Au milieu du couloir, il frappe à la porte n° 9, qui s'ouvre immédiatement. Tout excité, Adrien l'accueille en murmurant :

— Elle est prête. On y va !

La pièce est plongée dans le noir. Le chauffeur tend les mains devant lui, se risque à faire deux pas et dit, haut et fort :

— On ne voit rien, là-dedans !

— Chut ! fait l'adolescent. Nous, ça nous dérange pas.

— Moi, si, répond le taxi, qui n'ose plus bouger.

— L'interrupteur est à gauche de la porte...

Une lumière pâle, légèrement verdâtre, éclaire la pièce. Jeannot découvre Samira sur le bord du lit, habillée d'un survêtement bleu trop grand pour elle avec des bandes fluos jaunes sur les manches. Il est frappé par sa maigreur, sa faiblesse, et réagit aussitôt très vivement en se tournant vers Adrien :

— C'est pas possible, elle ne peut pas sortir d'ici : elle ne tient pas debout !

Samira se lève d'un bond. Son visage s'est légèrement rosi :

— Si, je tiens debout ! répond-elle sèchement.

Elle fait un pas en se tenant à la barre du lit et ajoute, essoufflée :

— Vous avez promis de nous aider, maintenant on ne fait pas machine arrière ! Je suis capable d'aller au bout du monde et même de manger une côte de bœuf entière si je fiche le camp d'ici !

— Ça change tout, alors, si tu es capable de manger une côte de bœuf, reprend Jeannot le taxi, subitement ému par la volonté de l'adolescente.

— Allons-y ! dit Adrien avec l'air d'un grand conspirateur.

Il saisit la canne blanche de Samira et ajoute, avec autorité :

— Regarde d'abord dehors, Jeannot !

Aux ordres du jeune non-voyant, Jeannot jette rapidement un coup d'œil dans le couloir et entraîne aussitôt les deux fugueurs.

Adrien le tient par le bras et n'utilise pas sa canne. Samira a posé la main sur l'épaule de son ami et se laisse guider à petits pas. Près de l'ascenseur, elle paraît déjà fatiguée. Des gouttes de transpiration perlent sur ses pommettes saillantes et meurent aux commissures de ses lèvres blanches.

Ils parviennent enfin au taxi garé devant le pavillon des enfants malades sans rencontrer la moindre blouse blanche. Jeannot ouvre les portes du véhicule, les deux jeunes aveugles prennent place sur la banquette arrière, et le chauffeur démarre à toute vitesse, comme s'il venait de réaliser le hold-up du siècle ou l'enlèvement d'une riche héritière.

À peine installée, Samira renifle très fort plusieurs fois et dit, intriguée :

— Il y a quelqu'un d'autre devant ?

— Oui, c'est Frédéric..., répond Adrien après un long silence.

— Frédéric ? s'étonne l'adolescente. Je croyais que tous les deux...

Adrien l'interrompt en mettant un doigt sur sa bouche et explique lentement :

— C'est plus comme avant. On a fait la paix. On a changé. On est moins cons ! D'une certaine manière, c'est grâce à toi... Et puis, il m'a aidé, il m'a encouragé à te faire sortir de là !

Frédéric se tourne à demi et demande, sur un ton que Samira ne lui connaît pas, plutôt doux, affectueux :

— Tu m'en veux toujours ?

Elle hésite avant de répondre. Une fois de plus, Jeannot klaxonne rageusement. C'est l'un des derniers chauffeurs de la capitale à se servir encore de l'avertisseur sonore.

— J'ai oublié..., répond enfin Samira.

Sa voix est un peu éteinte. Adrien lance alors, en forçant le ton :

— On se grouille, chauffeur ! On ne veut rater notre train !

Jeannot ramène sa casquette sur les yeux et bougonne :

— Qu'est-ce qu'ils ne me font pas faire, ces trois-là... Et qui c'est qui me paye ma course ?

— L'amitié n'a pas de prix, Jeannot !

Les trois jeunes aveugles éclatent de rire. Samira se met à tousser. Les larmes lui viennent aux yeux. Elle a du mal à reprendre son souffle. Dans le rétroviseur, Jeannot le taxi jette quelques coups d'œil inquiets en direction de la jeune non-voyante, qui lance soudain :

— J'ai faim.

— Ah ! Tu vois, Jeannot, qu'est-ce que je t'avais dit ? Elle a déjà faim...

Ils se suivent sur le quai de la gare, en se tenant par l'épaule et en se déplaçant légèrement en quinconce. Le chauffeur ouvre la marche. Les voyageurs s'écartent sur leur passage. Certains se retournent sans pouvoir dissimuler leur curiosité, ou en exprimant une compassion qui agacerait particulièrement Adrien s'il avait la possibilité d'en faire le constat.

— C'est ici, wagon 12 ! annonce Jeannot. Vous n'êtes pas en retard, le train ne part que dans dix minutes... Je vais monter votre sac et vous aider à vous installer.

— Je garde mon étui à violon avec moi, dit le jeune non-voyant.

De son côté, Frédéric fouille dans la poche de son blouson et tend un trousseau de clés à Adrien :

— Tu as bien compris ? fait-il avec un air de grand frère.

— Oui, chef! La plus grosse ouvre la porte du jardin, la moyenne celle de l'entrée, et je ne m'occupe pas de l'autre...

À cet instant, Samira comprend que Frédéric n'est pas du voyage. Elle le cherche de la main, accroche le bras d'un passant, s'aperçoit de son erreur, finit par trouver Frédéric et dit un peu tristement :

— Je croyais que tu venais avec nous !

Sa voix se perd dans le brouhaha de la gare et dans le bruit des chariots.

— C'est mieux que vous soyez en amoureux..., fait l'adolescent en se dandinant légèrement sur place.

Il ajoute en riant :

— Et puis deux bigleux qui font des conneries, c'est bien assez !

— Comment fait-on, là-bas, à Belle-Île en mer? demande Samira.

Adrien tend son sac à Jeannot et répond, presque en criant pour se faire entendre :

— Fred m'a tout expliqué, et il a tout préparé. On descend du train à Vannes, on prend le bus jusqu'à Quiberon et on embarque sur le ferry.

— Et après ? interroge la jeune non-voyante, sur le point de renoncer tant elle se sent déjà fatiguée.

Frédéric poursuit, sur un ton particulièrement rassurant :

— Vous serez attendus par le père Colomer. Il s'occupe du jardin chez mes parents. Il m'aime beaucoup, il est sympa, je l'ai mis dans la combine sans problème. Il vous conduira à la maison, vous allumera le feu et vous fera les courses...

Frédéric déplie sa canne blanche télescopique qu'il tenait à la main et poursuit, radieux :

— La maison est au bord de la mer. J'ai fait une description très précise des lieux à Adrien...

En s'appuyant contre le wagon, il passe son bras autour du cou de la jeune fille et ajoute, avec tendresse :

— T'angoisse pas, Samira, vous serez super bien, là-bas...

Elle plante deux baisers claquants sur les joues de Frédéric et suit Adrien qui s'est engagé dans le couloir avec Jeannot. Ce dernier installe les deux adolescents avec d'infinies précautions.

— On n'est pas manchot, fait remarquer Adrien. Descends maintenant, sinon tu vas partir avec nous !

Jeannot s'écarte avec regret, reste un instant les bras ballants.

— Oui, tonton, vas-y ! ajoute Samira avec conviction.

Interpellé ainsi, le chauffeur jette un coup d'œil autour de lui et se demande s'il est observé par les autres voyageurs. Il se penche et embrasse les deux jeunes aveugles. Samira lance à nouveau, avec un brin de provocation :

— Au revoir, tonton...

— Je serai sur le quai dimanche soir. Prenez garde de ne pas rater le train de retour...

Le TGV est sorti de la banlieue depuis une dizaine de minutes.

— Je suppose qu'on est dans la campagne, dit Adrien en collant sa tête sur la vitre. Les vibrations ne sont plus les mêmes.

Les wagons ont, en effet, cessé de cahoter aux passages des multiples aiguillages qui ceinturent la région parisienne. Samira s'est confortablement installée, la tête légèrement appuyée côté fenêtre, dans le sens de la marche. Sans bouger, elle extrait d'un petit sac une paire de lunettes.

— Je vais les mettre, dit-elle en riant, ça fera moins aveugle...

Adrien se penche vers elle, tend la main et dit avec curiosité.

— Montre-les-moi...

Ses doigts courent sur la monture et les verres. Il en décrypte immédiatement la sinuosité et l'originalité.

— C'est des lunettes de star, fait-il en les posant sans hésiter sur le nez de l'adolescente.

De la banane qu'il porte à la ceinture, il sort les siennes :

— Moi aussi, j'en ai. C'est des Ray-Ban ! C'est pas de la gnognote, hein ? Avec ça sur le pif, on ressemble plutôt à des agents secrets. Remarque, on est déjà en fuite...

Le train roule maintenant à grande vitesse. Les deux adolescents sont particulièrement sensibles au glissement de l'air sur les parois extérieures. Le léger tremblement du compartiment berce Samira. Elle s'assoupit progressivement, en laissant tomber sa tête sur l'épaule d'Adrien, qui retrouve avec émotion son léger parfum.

— Tu veux manger ? demande-t-il.

— Je n'ai pas faim, murmure-t-elle.

— Ce n'est pas ce que tu as dit tout à l'heure, lui fait remarquer le garçon.

Elle soupire, étend ses jambes paresseusement et bredouille, d'une voix déjà prise par le sommeil :

— C'était pour vous faire croire...

— Tricheuse ! Faudra que tu manges bien, à Belle-Île... J'y veillerai !

Samira cherche la main de son ami, unit ses doigts maigres aux siens et finit par s'endormir.

13.

À peine descendu sur le quai, Adrien a déplié promptement sa canne télescopique et a pris la direction des guichets, Samira accroché à son bras. Ils se déplacent sans hâte dans la gare de Vannes et passent la grande porte en prenant garde de ne pas heurter des voyageurs, qui ne font pas toujours attention à eux. Le jeune aveugle balaye à l'oblique de gauche à droite, de la pointe de son antenne. Il touche successivement un parcmètre, une aile de voiture et le bout du trottoir qu'il doit suivre sur cinquante mètres avant de tourner à gauche. Ils sont maintenant devant un feu tricolore. Au bruit de la circulation, Adrien devine qu'il est au vert.

— C'est encore loin ? demande Samira.

— En principe, la gare routière est juste en face, répond-il, rassurant.

D'un ton joyeux, et en serrant davantage la main froide de Samira, il ajoute :

— Tu sens ? Ça sent bon la Bretagne, non ? On va s'en taper des crêpes au beurre et au sucre...

— Et à la confiture ! dit Samira en se léchant les lèvres.

— Et au miel !

— Et au chocolat !

Au moment où le feu passe au rouge, une voix qui ne peut s'empêcher d'exprimer une certaine commisération demande :

— On peut vous aider ?

— Ça va aller, merci ! répond Adrien assez brutalement.

En traversant, il lance avec colère :

— Les gens m'énervent avec leurs bonnes intentions... Ça me gonfle vraiment, leur aide systématique.

Il élargit considérablement le balayage de sa canne en martelant la chaussée de « tac-tac-tac » de plus en plus appuyés.

— Ne marche pas si vite ! se plaint Samira. N'oublie pas, fait-elle en pinçant légèrement le bras de son ami, que tu traînes une aveugle et qu'elle est anorexique...

Entre Vannes et Quiberon, de gros nuages violets gonflés de pluie ont fini par tapisser le ciel. Les premières gouttes sont tombées quand les deux jeunes aveugles sont montés sur l'embarcadère du ferry. Ils sont entrés par la cale en suivant les automobiles contraintes à de savantes manœuvres pour se garer en marche arrière vers le fond du bateau. Samira a été immédiatement incommodée par les odeurs d'essence et de gaz d'échappement.

Elle est maintenant installée sur une banquette en bois comme celles des vieux autobus, tout près d'un hublot où viennent mourir les embruns des premières vagues. Il fait moite à l'intérieur, et les odeurs de la salle des machines remontent de plus en plus. Il y a à peine cinq minutes qu'ils ont quitté le port et déjà la mer se creuse.

— La traversée dure combien de temps ? demande la jeune fille d'une voix retenue.

— Près d'une heure, répond Adrien, qui n'a pas lâché sa main.

— Je pense que je ne vais pas échapper au mal de mer...

Adrien l'embrasse sur le front et dit, en forçant son rire :

— Tu n'es pas la seule ! Tout à l'heure j'ai failli m'asseoir sur quelqu'un déjà allongé...

Samira appuie sa joue sur le hublot, où elle trouve un peu de fraîcheur. Au bout de quelques instants, elle murmure :

— Il faut que je sorte, je vais vomir...

— Il pleut fort dehors... Ça va passer, pense à autre chose.

— J'ai besoin d'air, je me sens mal...

L'adolescente se lève, suivie d'Adrien.

— Reste là, dit-elle. Surveille le violon !

— Pas question !

— Je peux y aller toute seule...

— Pas question, je te dis ! Je n'ai pas envie que tu passes par-dessus bord.

Il se baisse, glisse l'étui à violon sous son sac, d'où il extrait deux cirés.

— Enfile ça ! ordonne-t-il avec une autorité feinte.

Il déplie sa canne, prend Samira par le bras, et tous deux se lancent dans la travée encombrée de bagages. La jeune aveugle trébuche plusieurs fois avant d'atteindre l'arrière.

À proximité de l'escalier métallique piqué par la rouille qui mène au pont supérieur, il croise un matelot du ferry, qui les interpelle :

— Faites attention, les jeunes ! Ça bouge, dehors...

Samira saisit la première rambarde à sa portée et se libère aussitôt du peu de nourriture qu'elle a absorbée. Adrien l'agrippe par la taille. L'adolescente relève la tête, aspire l'air du large à grandes goulées.

— Ça va mieux, dit-elle.

Elle enlève la capuche de son ciré et expose ses cheveux bouclés au vent et à la pluie.

— Restons dehors. Qu'importe si on est trempés, c'est si bon d'être là !

Adrien à son tour se libère de sa capuche, se délectant des embruns qu'il reçoit en plein visage. Il devine l'étrave du bateau. Elle déchire le bleu de la mer en deux voiles blancs tumultueux qui moutonnent par bâbord et tribord avant de se refermer. Le jeune aveugle connaît bien la couleur de ces ciels bretons qui, en une seule et même journée, passent de l'hiver au printemps. Pour le moment, le ciel est une gigantesque nappe noire s'éclaircissant progressivement du violet au gris à l'approche de la côte. Elle prend des formes multiples, denses, cotonneuses, grotesques.

Samira, les cheveux et le visage trempés, passe la langue sur ses lèvres avec un vif plaisir, comme un enfant qui vient de manger une glace :

— Je suis toute salée, dit-elle.

— Je peux goûter ? demande Adrien.

Sans attendre la réponse de son amie, il pose ses lèvres sur les siennes. Au même moment, le matelot de la compagnie maritime réapparaît sur le pont et lance, avec un rude accent breton :

— Vous vous moquez bien du mauvais temps, vous !

Il tend le bras et ajoute :

— Regardez là-bas, on croise le ferry qui revient de Belle-Île. C'est le dernier mis en service... Il est beau, hein ?

Samira et Adrien tournent instinctivement la tête pile dans la direction du bateau qui fait l'admiration du marin.

— Il est superbe ! répond l'adolescent.

Tandis que l'homme redescend à la salle des machines, Adrien s'esclaffe :

— Encore un qui n'a pas vu qu'on était bigleux !

— Pourtant, tu as ta canne à la main, fait observer Samira.

— Il a dû croire que j'allais à la pêche !

La pluie vient de s'arrêter; quelques voyageurs surgissent bruyamment sur le pont arrière.

On parle allemand, japonais et anglais autour d'eux. Adrien croit entendre dans ce brouhaha : « Blind together. » Il se penche vers Samira et murmure :

— Les Anglais nous ont repérés.

— Remettons nos lunettes d'agent secret, suggère Samira.

Un coup de sirène indique que le bateau s'engage dans le chenal conduisant au port.

— On arrive ! À nous la liberté ! crie Adrien en retirant son ciré.

Des mouettes viennent tournoyer à la poupe en piaillant.

— Elles sont si proches qu'on pourrait les attraper à la main, fait remarquer le garçon.

Quelques instants plus tard, les deux jeunes non-voyants s'engagent dans l'escalier qui conduit à la sortie. On procède d'abord à l'évacuation des automobiles. Une fois de plus, Samira est confrontée aux odeurs qui lui soulèvent le cœur.

— Ça pue encore là-dedans ! fait-elle en trépignant.

Le matelot croisé sur le pont bloque soudain le passage des véhicules, tend un bras avec autorité et s'avance vers Samira et Adrien, l'air confus :

— Je n'avais pas vu, là-haut, que vous n'y voyiez pas... Excusez-moi. Allez-y, je retiens ces excités du volant.

L'adolescent remercie, entraîne son amie et dit, en remontant la pente de la cale :

— J'espère que le père Colomer sera plus

perspicace... C'est étrange, quand même, de constater si souvent que les voyants ne nous voient pas...

Samira sent la présence de la foule autour d'eux.

— Ils ne veulent pas nous voir, ou alors on est très habiles pour dissimuler notre cécité, dit-elle.

Adrien pose un instant le sac qu'il tient à la main.

— Oui, c'est ça, on doit être très forts ! Ça facilitera notre insertion... à condition qu'on ne ressemble pas à des aveugles...

Il renifle plusieurs fois pour mieux absorber les odeurs d'algues et de vase accrochées au bord du quai et aux anneaux d'amarrage.

À la tonalité de sa voix, au bruit de ses sabots sur les pavés, à sa poignée de main comme une serre, Adrien a immédiatement imaginé l'aspect du père Colomer, habillé été comme hiver d'un caban râpé, décoloré par la pluie et le sel. Il a su très rapidement qu'il s'agissait d'un homme grand, osseux, à la figure cuivrée par le vent et le soleil breton. Il a pensé à un vieux pêcheur au regard perçant d'un bleu très clair, avec des paupières lourdes, gonflées par une vie de veilles et de fatigue. Il a deviné sous son bonnet de marin une couronne de cheveux blancs frisés.

Sur le quai, les gens se sont étonnés de voir ce vieillard encore bien vert prendre en charge les deux jeunes aveugles. L'homme n'a pas su maîtriser sa surprise quand il a vu la maigreur de Samira. Il a murmuré quelque chose d'incompréhensible en breton et a ajouté clairement :

— Ma pauvre enfant, comment on te nourrit, à Paris !

Samira n'a pas répondu. Le vieillard a repris :

— Donnez-moi donc vos bagages, je suis assez solide pour tout porter.

Quelques pas plus loin, Samira s'est soudain sentie très faible. Elle s'est tournée vers Adrien en murmurant :

— Je ne vais pas très bien...

Avant même que le jeune aveugle ait le temps de réagir, l'adolescente s'est effondrée en silence. Un attroupement s'est formé autour de la charrette du père Colomer, attelée à un vieux percheron à la robe marron et gris.

— Laissez-la respirer ! a crié le vieil homme.

Après avoir baissé une ridelle, il a allongé Samira sur la plate-forme arrière, a tapoté ses joues et a fait porter, du café le plus proche, un verre d'eau sucrée qu'elle a bu lentement.

Adrien n'a pas lâché la main de Samira. La jeune aveugle a repris connaissance très vite. Le vieil homme s'est installé souplement sur la banquette, a saisi les rênes, a fait un bruit de la bouche, et le percheron s'est mis en route dans un bruit de cliquetis qui a résonné un long moment sur les pavés de la grand-rue. À la sortie du petit tunnel sous les remparts, ils ont tourné à droite et se sont engagés dans un chemin de terre aux odeurs de pommes. Un peu plus loin, sous une arche de verdure, l'air marin est venu à leur rencontre.

Ils approchent maintenant de la côte et du dernier petit bourg avant la mer. À cet endroit, la route devient plus large. Elle est bordée de haies odorantes et de fleurs sauvages encore mouillées. Des pans de mur délabrés couverts de ronces et de mousse rousse rappellent qu'ici et là se tenaient des maisons de pêcheurs.

— Tu te sens mieux ? demande Adrien.

Il s'est glissé près de Samira mais ne peut constater la pâleur de son visage.

— Ça va, fait-elle en tentant de donner à sa voix un peu de chaleur.

Elle ajoute, en respirant un grand coup :

— Il faut que je grignote...

Le vieil homme, qui mène son cheval paisiblement, se retourne et lance gentiment :

— Ici, on ne grignote pas, on mange !

Il sort de la poche intérieure de son caban un gâteau carré enveloppé dans du papier gaufré sur lequel est imprimé en deux couleurs le visage d'une jeune Bretonne en coiffe.

— C'est pour vous ! C'est le cadeau d'arrivée, la spécialité du pays : le « kouign-amann ». Pur sucre, pur beurre, pâte fine légèrement caramélisée, et c'est garanti pour prendre des kilos !

Samira, dont la tête dodeline au rythme du déplacement de la charrette, n'a pas vraiment de réaction. C'est Adrien qui répond :

— Merci, c'est exactement ce qu'il nous faut.

Le vieil homme lâche un instant les rênes et sort un

Opinel d'une autre poche. Il frappe le manche sur le dos de la banquette pour dégager la lame.

— Attention de ne pas vous blesser... Tournez la virole de sécurité.

Il reprend les rênes, chantonne un air de fest-noz [1] et ajoute :

— Je suis certain que vous savez vous servir d'un couteau comme mon diable de Frédéric ! Allez-y, goûtez !

Adrien palpe le couteau, tranche dans le fameux « kouign-amann » et donne un premier morceau à Samira. Elle le déguste plus qu'elle ne le croque réellement. Elle mâche lentement, longuement, avant d'avaler avec difficulté. À l'inverse, le jeune garçon l'engloutit goulûment.

— C'est délicieux ! se force à dire l'adolescente pour répondre à la gentillesse du père Colomer.

— Enfin une bonne nouvelle ! s'exclame Adrien.

Autour d'eux, la campagne appartient aux oiseaux, au vent. Le chemin est bordé d'ajoncs, mais aussi de chardons à la tête lourde qui ploie sur leur longue tige. Au loin un âne brait. Un coucou tout proche semble lui répondre. Le vieil homme reprend sa chanson bretonne, fait accélérer le percheron en donnant du mou aux rênes puis en tirant un coup sec qui claque sur le flanc de l'animal.

— On ne devrait pas tarder à voir la maison ! indique-t-il.

---

1. Fête de nuit.

Prenant immédiatement conscience que le mot *voir* est inapproprié, il se reprend et dit avec bienveillance :

— Excusez-moi, même mon Frédéric, j'oublie qu'il ne voit pas...

— Ce n'est pas grave, répond Adrien. On a l'habitude... Nous aussi, entre nous on se dit : « Tu vas voir... Je vais te montrer... »

Le chemin devient moins cahoteux. Les roues cerclées de métal crissent sur une épaisse couche de petits cailloux. La charrette tourne à la droite d'un calvaire de granit étincelant dans la lumière. Une odeur de lande sèche et de chaume prend les deux adolescents à la gorge. Le père Colomer salue un paysan occupé à faucher à l'ancienne un champ de luzerne tout proche. Le soleil, entre les feuilles, dessine des paillettes dorées sur le visage de Samira, que le vieil homme regarde de temps en temps avec tendresse et une légère inquiétude.

— On arrive, fait-il. La bâtisse est composée de deux vieilles maisons de pêcheurs qui ont été reliées entre elles.

Le cheval hennit au moment où un chien noir, attaché à une longue corde devant une grange, aboie sur leur passage. Le père Colomer reprend :

— La façade chaulée a deux fenêtres aux volets bleus... C'est un cul-de-sac, ici. Il n'y a plus que des maisons de Parisiens. Ils ont restauré ça à la manière irlandaise...

— Irlandaise ? s'étonne Adrien.

— Oui, ils ont fait comme en Irlande, où les

maisons sont très basses et les façades sont roses ou blanches avec des volets verts ou bleus. Ce n'est pas laid, ma foi... Ça redonne un peu de gaieté au pays !

À quelques mètres de l'habitation, un nouveau grain éclate subitement, malgré un brin de soleil qui subsiste entre les nuages. La route partiellement goudronnée se couvre d'une légère nappe de vapeur, et des rigoles se forment immédiatement. Des gouttes claquent sur le toit d'ardoises brillantes.

L'ouverture de la porte d'entrée fait un appel d'air dans la cheminée et provoque un bel embrasement du feu préparé par le père Colomer. L'odeur de pommes de pin sèches envahit la grande pièce. Le vieil homme, qui a pris Samira dans ses bras, la dépose dans le premier fauteuil à sa portée. Avec un accent de tristesse dans la voix, il dit :

— Tu n'es pas bien lourde, ma fille...

Il se dirige aussitôt dans le couloir qui conduit à la salle de bains et ajoute :

— Je vais vous chercher des serviettes, vous avez les cheveux trempés.

Adrien enlève son blouson, déplie sa canne et commence une exploration des lieux qu'il commente à haute voix pour Samira :

— Il y a une grande table de ferme au milieu et des bancs de chaque côté recouverts de coussins. Il y a aussi une cuisine américaine.

— Américaine ? interroge l'adolescente, à demi relevée sur un coude.

— C'est-à-dire qu'elle est dans la même pièce,

séparée de la salle à manger par une sorte de comptoir...

Ses doigts courent sur les étagères, découvrent un panier à pain, une cafetière électrique, un four à micro-ondes, une lampe à pétrole, une batterie de casseroles, un bouquet de fleurs séchées dans un vase en grès. Il poursuit ses investigations, le bras gauche tendu, la canne toujours à l'oblique.

— Près de la cheminée, il y a une autre banquette. L'un de nous deux peut coucher là... Frédéric m'a dit qu'il y a aussi une mezzanine...

Il marche légèrement vers la gauche, se cogne le genou contre un coffre, jure et lance triomphalement :

— J'ai l'escalier !

Il s'engage sur la première marche, monte lentement et débouche sur un plancher aux lattes disjointes qui craquent sous son poids.

— La rambarde est assez haute et il y a un grand lit pour deux...

Il semble attendre une réaction de Samira, qui ne vient pas. Il reprend, plein de gaieté :

— Frédéric m'a dit qu'il y avait une belle armoire et un bureau devant une fenêtre à petits carreaux.

Samira écoute le « tac-tac » de la canne. Elle tente de localiser les déplacements de son ami avec précision.

— Ça y est, j'ai trouvé la fenêtre ! crie Adrien.

Dans son enthousiasme, il renverse une chaise et poursuit :

— Il paraît que d'ici on peut voir la mer...

Il ouvre les battants, se penche, respire très fort et

tend l'oreille. La rumeur lointaine de l'océan remonte de la falaise, glisse sur la lande trempée et se mêle au souffle des arbres.

Le père Colomer interrompt Adrien dans sa contemplation :

— Allez, les enfants, venez à table !

Il prend Samira par la main au moment où elle achève de se sécher les cheveux.

— Au menu, reprend le vieil homme, blanc de poulet, artichaut breton et à nouveau kouign-amann, pour les gourmands ! Ensuite, je vous laisse !

Ils ont mangé à la grande table presque en silence. Samira s'est un peu forcée. À la quatrième bouchée, elle a renoncé en s'excusant et n'a pas touché au gâteau. Adrien s'est laissé entraîner à boire de bon cœur deux verres de cidre brut. Le vieil homme a exigé de Samira qu'elle absorbe un verre d'eau sucrée ! Il a toujours considéré qu'il n'y avait rien de mieux comme reconstituant. En ramassant les assiettes et les couverts, il a fini par dire avec complicité :

— Vous êtes bien fatigués, je vais vous installer pour la nuit...

— Je coucherai près de la cheminée, s'est empressée de lancer Samira.

— Alors, moi, je dormirai là-haut ! a fait Adrien avec un léger accent de regret dans la voix.

Les bras chargés de draps et de couvertures, le père Colomer a repris :

— Ma femme viendra vous faire un peu de ménage demain et elle vous préparera des crêpes.

C'est une excellente crêpière. C'est elle qui les a faites pendant quarante ans au café du port... Et moi, je vous embarquerai dans la charrette pour une promenade, s'il fait beau.

Les deux adolescents ont écouté le père Colomer s'éloigner lentement au rythme de son percheron.

Adrien se retourne sans cesse dans son lit. Il a laissé la fenêtre entrouverte, et des odeurs de luzerne remontent jusqu'à la mezzanine. Il sait que le feu rougeoie dans la cheminée. Il entend les bûches craquer et les flammes gémir dans la nuit.

— Tu dors ? murmure soudain Samira.

— Non. Je n'y parviens pas, je suis énervé, répond Adrien, qui jette d'un coup de pied drap et couverture hors du lit.

— Moi, j'ai trop chaud...

— Tu peux monter si tu veux..., propose le garçon, sur un ton qu'il tente de rendre naturel.

Samira ne répond pas. Elle laisse échapper involontairement une petite plainte.

— Viens, je ne t'embêterai pas !

— C'est plutôt que je me sens très faible, répond la jeune aveugle.

— Je descends te chercher !

Bras tendus comme un somnambule, il se dirige vers l'escalier. Sa main accroche le montant de la mezzanine et glisse le long de la rampe rugueuse. En quelques secondes il est en bas, évite le coffre, un fauteuil qui est sur son passage, et rencontre les deux mains de Samira. Il l'entraîne aussitôt au premier étage. Les deux jeunes aveugles ignorent que la pièce est presque éclairée comme en plein jour par une lune magnifiquement blanche. Elle inonde les champs alentour bordés de chênes et de pommiers enveloppés d'une brume légère qui s'étire jusqu'aux premières maisons du petit bourg. Le vent a nettoyé le ciel et chassé la pluie. On l'entend encore qui caresse les ardoises et la cime des arbres.

Dans le grand lit, Samira n'ose pas trop s'approcher d'Adrien. Peu à peu, leurs corps se rencontrent. C'est d'abord leurs jambes qui s'enlacent, puis leurs mains. L'adolescent sent le souffle chaud de la jeune fille contre son visage, retrouve son parfum vanillé et tente de contenir son trouble. Il aimerait tant la serrer très fort...

— On va rester longtemps ici, n'est-ce pas, Adrien ?

Le jeune aveugle presse davantage la main de la jeune fille et répond :

— Jusqu'à ce que tu sois complètement rétablie. Je te le jure.

— La tête qu'ils vont faire, à l'hôpital..., reprend-elle en pouffant sous les draps.

Un coup de vent fait battre un volet plusieurs fois.

— Et mes parents, alors ? Ils vont forcément appeler ceux de Frédéric quand ils ne me verront pas rentrer !

Adrien soupire et dit, d'une voix prise par le remords :

— J'ai un peu honte de leur jouer ce tour-là !

D'autant que ça va vachement mieux chez moi, maintenant...

— Tu leur téléphoneras dans quelques jours et tu leur expliqueras. S'ils t'aiment, ils comprendront... C'est pas comme mes parents !

— Et Jeannot ? Lui aussi il faut le prévenir, c'est pas la peine qu'il aille se casser le nez à la gare !

Quelques gouttes de pluie tambourinent sur le toit. Samira se rapproche davantage de son ami et murmure :

— J'aime ce bruit... Mais ça va être foutu pour la promenade, demain.

— Mais non ! Même s'il y a de la tempête, il faut sortir, ici...

Samira s'est assoupie. L'adolescent caresse longuement son visage maigre et ses petits bras décharnés. Il pose un baiser sur sa bouche avant de s'endormir à son tour.

Au petit matin, les larmes de l'adolescente réveillent Adrien. Il tend son bras sur le côté, cherche de la main et trouve la place vide. La voix tremblante, il murmure :

— Où es-tu ? Pourquoi tu pleures ?

Il se lève, saisit sa canne sur la chaise toute proche, qu'il renverse dans sa précipitation, fait le tour de la pièce et finit par la découvrir recroquevillée, les genoux sous le menton, dans un coin de la chambre. Il se baisse et l'entoure aussitôt de ses bras :

— Tu es gelée ! fait-il en essayant de la soulever.

Secouée de hoquets, Samira ne peut répondre.

— Reviens dans le lit te réchauffer...

Elle fait non de la tête. Du bout des doigts, le garçon cherche son visage, caresse d'abord sa bouche, passe l'index sur le duvet de sa lèvre supérieure, remonte le long de l'arête fine de son nez, et essuie ses larmes de la paume de la main. Il parvient à l'entraîner comme un petit pantin désarticulé vers le lit, l'aide à se glisser dans les draps et la frictionne énergiquement par-dessus les couvertures. Elle geint comme un chiot apeuré.

Prise de spasmes et claquant des dents, elle balbutie :

— Je ne supporte plus, Adrien, de m'endormir dans le noir et de me réveiller dans le noir !

— Calme-toi, calme-toi ! répète l'adolescent. Reprends ta respiration...

Il soulève l'oreiller qu'il glisse sous la tête de Samira. Elle inspire plusieurs fois lentement et poursuit, tout exaltée :

— Quelquefois, je rêve que je vois... Je me regarde dans une glace, je me coiffe, je me maquille légèrement, je choisis des vêtements colorés. Je me retrouve au milieu de jeunes de mon âge... on me courtise. Et je me réveille comme ce matin, avec le cœur qui explose, avec l'envie de mourir, et je me sens laide.

Un flot de larmes inonde son visage. Adrien la saisit un peu brusquement par les épaules et dit :

— Tu es folle de parler comme ça !

Comme si elle ne l'avait pas entendu, Samira poursuit d'une voix faible, en se repliant sur elle-même :

— Je n'accepterai jamais d'être aveugle ! C'est encore plus terrible pour une fille...

Elle frotte longuement ses paupières du plat de la main, comme si ce geste pouvait lui faire recouvrer magiquement la vue. Sur un ton très doux, Adrien reprend :

— Je vais te redonner des leçons de locomotion, tu vas reprendre le braille...

— J'ai tout oublié, marmonne-t-elle.

— C'est faux ! Je suis sûr que tu vas tout retrouver rapidement.

D'une voix monocorde, elle ajoute :

— En perdant mes yeux, tout s'est brisé en moi. J'ai l'impression de ne plus avoir de souvenirs, de ne plus avoir de mémoire... Je ne sais plus à quoi je ressemble, qui je suis.

Adrien se penche davantage sur le visage de la jeune non-voyante et dit avec émotion :

— Tu es belle, Samira. Je le sais, moi, et tu dois reprendre confiance en toi. Tu dois refuser de prendre la fuite !

Il se tait un instant, sent sa gorge se nouer et ajoute en murmurant, presque gêné :

— Tu dois réussir pour moi. Je t'aime.

Ce que vient de lui dire Adrien provoque à nouveau les pleurs de Samira. Émue par sa déclaration, elle se love dans ses bras. Du bout de la langue, il lape les dernières larmes de son amie.

Un rayon de soleil, à travers la petite fenêtre à carreaux, vient caresser leurs visages.

Ils se rendorment un moment et sont réveillés un peu plus tard par une odeur de café au lait et de pain grillé. Ils prêtent l'oreille en relevant simultanément la tête et finissent par percevoir des bribes d'une conversation à moitié en breton entre un homme et une femme. Ils reconnaissent la voix du père Colomer et comprennent qu'il est en compagnie de son épouse. Celle-ci s'étonne que les deux jeunes gens se soient retrouvés dans le même lit. Le vieil homme tente d'expliquer :

— Ma bonne Soizic, ce ne sont pas des gamins comme les autres... Et puis, aujourd'hui on est plus libre, c'est plus comme à notre époque.

Adrien et Samira, qui retiennent leurs rires, croient entendre un vague : « Pour sûr... », exprimé par la vieille femme. Et puis le père Colomer lance depuis le rez-de-chaussée :

— Debout, la jeunesse ! Il est bientôt dix heures. Il fait grand beau dehors !

Un bruit d'assiettes et de casseroles couvre presque sa voix.

— Laisse-les donc ! dit la femme avec un fort accent.

— On descend ! répond aussitôt Adrien.

Le père Colomer présente sa femme aux deux jeunes aveugles en leur donnant le plus possible de détails sur sa physionomie pour leur permettre de mieux la connaître. Tandis qu'ils s'installent à la grande table de ferme, le vieil homme explique, en parlant de son épouse à la troisième personne :

— La mère Soizic est aussi petite que je suis grand. Elle a un visage comme une pomme qui est restée trop longtemps au soleil, et ses yeux sont plissés comme ceux d'une chinoise...

La vieille femme rit de bon cœur à la description que son mari fait d'elle et dit, en découvrant un beau sourire :

— N'écoutez pas ce vieux nigaud, il exagère tout le temps ! Je ne suis pas si petite...

L'homme se penche pour raviver les braises dans la cheminée et reprend, un brin moqueur :

— Il t'a bien fallu un petit tabouret pendant quarante ans de ta vie pour être à la hauteur de tes plaques à crêpes, non ?

La vieille femme étale amplement de la confiture sur une grosse tranche de pain et répond :

— Mais qu'il est sot, cet homme ! Je me demande pourquoi j'ai accepté de danser avec lui, il y a plus de cinquante ans, au fest-noz. J'avais dû boire trop de cidre !

Le père Colomer se rapproche de la table, se sert un grand bol de café et dit :

— J'étais le plus beau, ma Soizic, et tu étais la plus belle avec ta coiffe de Douarnenez...

Adrien et Samira pouffent de rire. Ils entendent un bruit de papier froissé au moment où la vieille femme reprend :

— Je vous ai apporté mes crêpes... Elles sont encore chaudes.

Samira boit son café au lait à petites gorgées et détache de l'extrémité de l'index et du pouce trois petits bouts de la galette qu'elle mâchonne longuement.

— Mange donc, ma fille ! dit la mère Soizic.

— Ne l'embête pas, intervient le père Colomer. C'est un oiseau, cette gamine. Elle est tombée de son nid et a perdu l'habitude de la becquée.

Adrien, de son côté, mange de bon appétit. Dix heures tintent à la pendule de la cuisine.

— Il faut accélérer le mouvement, les enfants ! lance le vieil homme, qui enfile son caban en ajoutant :

— Je vais m'occuper de mon percheron qui s'impatiente devant la porte. Il a hâte d'aller respirer le grand air du bord de mer...

Sur le pas de la porte il se retourne et conclut :

— Ça vous fera du bien aussi, à vous. Surtout à la gamine !

La mère Soizic empile les bols du petit déjeuner et demande à Samira :

— Veux-tu que je t'aide pour la toilette, ma fille ?

— Ça ira..., merci, répond l'adolescente d'une petite voix.

Adrien a deviné l'embarras de Samira. Il ajoute aussitôt :

— Vous savez, on sait faire plein de choses tout seul.

Il tend le bras à son amie et lance :

— En route ! Accroche-toi !

14.

Tout ce qui leur parvient de la plage, de l'océan est porté par des bruits multiples. Les roues crissent sur le sable et sur les galets blancs et gris. Les coquillages séchés, ramenés par la marée, craquent et éclatent sous le poids de la charrette. Elle laisse derrière elle de longues traces parallèles, comme des rails, qui finissent par s'effacer sous le va-et-vient des vagues.

L'air est vif à cette heure de la matinée. Adrien et Samira sont assis sur la banquette à côté du père Colomer, qui commente de bonne grâce le paysage côtier :

— Juin, c'est le meilleur moment pour vivre sur l'île. Les envahisseurs ne sont pas encore là. On dirait que la nature le sait et qu'elle nous réserve ses plus beaux attraits. L'eau est d'émeraude et la lumière divine.

Autour d'eux, des mouettes zigzaguent en tous sens, gueule ouverte, gobant tout ce qu'elles peuvent trouver comme moucherons et moustiques sur leur passage. Le ciel est coloré de nuages roses et bleutés.

Un peu plus haut sur la falaise, la bruyère violette, sous le vent, s'accroche à la lande noire. Le soleil fait une apparition, accompagné de quelques gouttes de pluie. Il fait sombre au-dessus des maisons en terre et clair sur l'océan, jusqu'à la ligne d'horizon argentée.

Adrien passe son bras autour du cou de Samira, qui se pelotonne contre lui. Le vieil homme descend de la charrette et tend les rênes au garçon.

— Allez ! fait-il, c'est toi le cocher. Il faut que je tienne mon percheron par le mors pour l'aider à rejoindre la route.

Ils s'engagent sur une rampe goudronnée qui grimpe presque à la verticale. Le cheval peine. Ses sabots piétinent. Le père Colomer l'entraîne de la voix.

L'équipage parvenu sur la route côtière, le vieil homme reprend les rênes et poursuit ses explications :

— Oui, nous avons une lumière extraordinaire : rose au-dessus de la mer, violette dans le vallon... Et je n'ai jamais vu autant de variétés de bleu et de vert ! On dirait qu'il n'y a pas un seul arbre de la même couleur... La bruyère est belle, aussi. Je t'en ferai des bouquets..., dit-il en se penchant vers Samira, dont les joues sont légèrement rosies.

Adrien inspire très fort l'air sucré qui l'entoure. Des vaches beuglent sur leur passage. Le percheron leur répond par un hennissement à la mesure de sa taille et accélère instinctivement le pas. Plusieurs coups de sonnette indiquent aux jeunes aveugles qu'ils ont croisé un couple de cyclistes. Ces derniers ont fait un signe amical de la main. Adrien et Samira n'ont pu, évidemment, l'apprécier, mais le père Colomer veille et lance :

— Vous avez été chaleureusement salués...

D'un geste machinal, il remonte le col de son caban et ajoute :

— C'est aussi le pays de la bicyclette, ici, pendant les vacances...

— Mais c'est râpé pour nous, le vélo, dit Adrien sans tristesse.

À l'arrivée au port de Sauzon, c'est au tour du père Colomer de saluer de nombreuses connaissances. Samira et Adrien sentent qu'ils vont être confrontés à la curiosité habituelle de tous ceux qui se retournent sur leur passage. L'adolescent demande au vieil homme :

— Il y a un peu de soleil ? Je ne le sens pas trop.

— Il y en a bien assez pour réchauffer mes pauvres os !

Adrien se tourne vers Samira et dit en riant :

— Alors on peut mettre nos lunettes d'agent secret...

Le vieux marin les regarde, interloqué. Il freine son percheron juste avant la petite jetée qui mène aux bateaux de pêcheurs, tire sur les rênes une dernière fois, les attache à un poteau de stationnement et invite les deux jeunes aveugles à le rejoindre.

— Allez ! On fait étape au café du port. C'est pas un coup de blanc qui va nous faire du mal...

Il marque un temps et ajoute, feignant la gravité et le mystère :

— Pas un mot à la bonne Soizic, hein ? Je compte sur vous !

La charrette est garée à proximité de casiers à langoustes vides que trois jeunes femmes vigoureuses, vêtues de noir et chaussées de grandes bottes, nettoient avec des brosses métalliques. Des odeurs de varech et de poissons pourris envahissent le quai. Samira se pince le nez pour éviter un haut-le-cœur. Un pêcheur au visage buriné, élancé, tout habillé de toile bleu délavé, un panier d'osier à la main, croise le père Colomer.

— Te voilà rentré, Yann ! lance le vieil homme.

— Mauvaise pêche ! répond le marin.

Sans s'arrêter il poursuit, en s'éloignant :

— Le mauvais temps nous revient ! Au large, il y a de la suie dans le ciel...

De son côté, Adrien hésite à sortir sa canne télescopique. Il se penche et murmure à l'oreille de Samira, qui se tient au niveau du licou du cheval :

— Prends ma main, on va marcher à côté du père Colomer sans le tenir. On va y aller au pif en essayant de ne pas se faire remarquer. Attention au gadin ! Si je trébuche, pas de panique : lâche-moi et ne bouge plus !

— Vous prenez mon bras ? demande le père Colomer.

— Ça va ! répond Adrien. On se débrouille. J'ai ce qu'il faut.

Une dizaine de mètres à peine séparent la charrette du café. Au bruit des voix, le garçon sait que la terrasse est encombrée de chaises et de tables et qu'à tout moment les regards peuvent se tourner vers eux. Il avance néanmoins d'un pas ferme en laissant courir discrètement l'index de sa main droite le long du mur. Des rires jeunes indiquent qu'une bande de garçons et de jeunes filles se trouve non loin de là.

Samira tourne la tête vers Adrien et chuchote :

— C'est encore loin ?

— Plus beaucoup...

Le jeune aveugle heurte une chaise qu'il veut rattraper, sent une épaule sous sa main et lance un discret :

— Excusez-moi !

— Il n'y a pas de mal, répond la voix douce d'une adolescente.

Adrien suit le père Colomer à la voix et à l'odeur, comme un chien de chasse. Il a repéré définitivement l'effluve de tabac ancien et de sel qui imprègne le caban du vieil homme.

Dans la salle, le salut qu'on lui renvoie dit toute la popularité du vieillard. D'emblée, il commande avec autorité :

— Deux blancs pour les hommes, et limonade pour la gamine.

Samira fait un geste négatif de la main, que le père Colomer ne veut pas voir. Adrien devine au toucher le vieux comptoir de zinc poreux sur lequel il pose un coude. Il palpe discrètement le verre que vient de déposer en silence la serveuse, découvre un cendrier, sort son briquet de son blouson et, plus pour se donner une attitude que par une véritable envie, il demande :

— Vous avez une cigarette ?

— Je ne fume plus ! répond le vieil homme. C'est la mère Soizic qui l'a décidé.

Il lève son verre et lance un généreux :

— *Yehed mad !* C'est « bonne santé », en breton, explique-t-il.

Il marque un temps, boit à petites lampées et poursuit, avec du regret dans la voix :

— Avant, je me roulais du gris...

Depuis quelques instants, la conversation est moins vive dans le bistrot. Adrien sent confusément qu'il est observé. Il enlève ses lunettes de soleil en tournant le dos à la salle qui sent la cire, la bière et le cidre. Yann le pêcheur entre dans le café et invite le père Colomer à trinquer, mais ce dernier pose sa main osseuse sur son verre et décline l'invitation :

— Mon percheron ne sait pas revenir tout seul à la maison...

Yann jette un coup d'œil vers Adrien et Samira, et dit :

— Tu nous amènes les Parisiens avant la saison, maintenant ?

— Ceux-là, ils ont besoin de notre bon air, ils sont là pour la santé...

Samira baisse la tête. Elle n'a pas touché à sa limonade. Le vieil homme fronce ses sourcils blancs pour faire comprendre au pêcheur de ne pas insister et de parler d'autre chose. Yann scrute le visage maigre de l'adolescente et boit cul sec son verre de vin. Le père Colomer entraîne les deux jeunes aveugles vers la sortie en les prenant par le cou pour mieux guider leurs pas et lance un non moins généreux : « *Kénavo* », l'au revoir breton.

Il grimpe sur la charrette, défait les rênes prestement et, avec l'air de celui qui a tout compris, qui n'est pas dupe, dit :

— Je crois qu'ils n'y ont vu que du feu ! Personne ne s'est rendu compte que vous êtes aveugles...

Il distribue deux, trois jurons en breton à son cheval pour le contraindre à accélérer le pas et questionne, légèrement embarrassé :

— Mais pourquoi donc vous ne voulez pas que ça se sache ?

Adrien enlève ses lunettes de soleil et se tourne vers le vieil homme.

— Vous avez vu ma gueule avec mes deux agates blanches au milieu du visage ? Une fois, mon petit frère m'a dit que je ressemblais à un martien ! Ça fait peur, une tête pareille sans lunettes !

— On ne voit pas que les yeux dans un visage !

Il pousse un nouveau grognement en direction de son percheron et ajoute :

— T'es plutôt beau gars, et Samira, ça ne se voit pas qu'elle est aveugle. Elle est jolie comme un petit cœur !

L'adolescente serre la main d'Adrien et rougit légèrement avant de répondre :

— Ça ne se voit pas dans mes yeux, mais on a

vite compris quand je me déplace. Si vous saviez comme les choses les plus simples pour les voyants sont compliquées pour nous !

Tandis que le percheron remonte le bras de mer qui s'enfonce dans les terres verdoyantes, Samira poursuit, avec un brin d'irritation :

— Éplucher un fruit, éviter de manger comme un cochon, tenter d'harmoniser un vêtement avec un autre, c'est toute une histoire !

— Ce que je déteste le plus, moi, c'est d'être regardé comme une bête curieuse ! ajoute Adrien.

— Comment le sais-tu donc qu'on te regarde ? demande le vieil homme.

— Je le sens... Je le sens partout en moi ! Dans mon dos, dans la nuque, et puis on a des oreilles qui nous renseignent comme des radars !

Le père Colomer laisse échapper un rire nerveux, tire sur les rênes pour ralentir, cette fois, son cheval, et met les deux jeunes gens en garde, au moment où la charrette s'engage sur un chemin plein d'ornières et boueux :

— Tenez-vous, les enfants ! Ça va bringuebaler, par là ! C'est un raccourci...

Le vent ramène de la mer des multitudes de nuages effilés qui, en se rapprochant de la côte, gonflent, s'unissent, deviennent de plus en plus compacts en noircissant.

— Faudra vous baisser, reprend le vieil homme. Il n'y a plus grand monde qui le prend, ce chemin, les branches nous tombent sur la tête et les ronces montent bien haut.

Les sillons se creusent davantage. Les roues tressautent de plus en plus. Les grosses pluies récentes ont charrié des cailloux, d'épaisses racines qui font de véritables barrages. À maintes reprises, le père Colomer est contraint de descendre de la charrette pour dégager le chemin ou pour nettoyer les moyeux des roues couverts de feuilles sèches et de boue.

— C'est pas forcément une bonne idée d'être passé par là ! reconnaît-il.

Une nouvelle grosse branche fait obstacle, et cette fois, il est contraint de solliciter l'aide d'Adrien. À eux deux, ils parviennent à dégager le passage. Un peu plus loin, un glissement de terrain permet tout juste à l'équipage de poursuivre sa route. Ils entament la descente du chemin avec la plus grande prudence. Le vieux Breton jure de plus belle, comme tout bon charretier qui se respecte.

— Va falloir descendre au frein à main !

Il saisit, à gauche de la banquette, une manivelle rouillée reliée à deux patins de fer par une longue tige métallique, la visse et la dévisse tour à tour. Le percheron freine des quatre fers, mais ses sabots écornés glissent sur des pierres plates comme des galets. Il tend ses muscles mouillés de transpiration, crispe ses jarrets et pousse un hennissement de mécontentement, sans doute destiné à son maître. La charrette brimbale en tous sens. Toute pâle, Samira murmure :

— Je ne me sens pas bien... C'est comme sur le bateau...

Son visage se contracte et ses mains tremblent

légèrement. Elle soupire et agrippe Adrien par la manche de son blouson. Il tente de plaisanter :

— Tu dois être la seule au monde à avoir le mal des charrettes...

— Tu es idiot ! bougonne Samira, se cramponnant maintenant à une des ridelles.

— Une fois de plus, c'est ton estomac qui n'est pas assez rempli !

— Ne me harcèle pas avec ça ! Pas toi, je t'en prie !

Les roues, sollicitées par les patins de freins, grincent. Samira porte les mains à ses oreilles. Adrien tente de poursuivre avec humour :

— Le mal des charrettes, c'est pire que tout. Aucune recherche médicale n'a abouti pour le guérir ! Ça te fout l'estomac en compote et le cul aussi, et si tu tombes par-dessus bord tu t'exploses la tête...

L'adolescente esquisse un sourire. Peu à peu, le chemin devient moins cahoteux. Quelques centaines de mètres plus loin, ils rejoignent la route goudronnée bordée de chardons, de pissenlits et de haies odorantes.

— C'est calme, maintenant, dit le père Colomer, rassurant.

Samira se redresse, s'accroche des deux mains, cette fois, à l'une des ridelles, se penche et vomit du côté du fossé avant même que le vieil homme ait le temps de stopper son percheron. Quelques secondes plus tard, Adrien tient Samira dans ses bras. Ils sont recroquevillés dans un coin. Un grand coup de vent balance les feuilles blanches des peupliers, et une brassée de paille échappée d'une ferme voisine s'enfuit sur le chemin ourlé de petits monticules de terre brune soulevée par des régiments de taupes. Un peu plus loin, et jusqu'à l'infini, des herbes folles tressaillent au milieu d'orties et de fougères couchées par la bise de plus en plus forte. Même le percheron a une drôle d'allure, avec sa crinière voletant en tous sens. Le père Colomer, Samira et Adrien évitent l'ondée en arrivant à la maison de pêcheur. Ils s'y engouffrent avec soulagement.

Le vieil homme, tout en ravivant les braises dans la cheminée, dit :

— Je repasserai vous voir ce soir avec ma bonne Soizic.

Samira s'installe près du feu, prostrée sur le bord d'une chaise.

— Mets-toi dans un fauteuil, tu seras plus à ton aise, lui suggère Adrien.

— Non, je crains de m'endormir...

— Ça ne peut pas te faire de mal.

— Je n'aime pas dormir, Adrien, je fais toujours des rêves tristes.

— Alors je vais te faire un peu de lecture...

D'un sac proche, il extrait un gros livre en braille, à la couverture épaisse. Par la fenêtre restée entrouverte, ils distinguent très nettement deux coups de sonnette de bicyclettes et le chuintement des pneus sur la route mouillée, parsemée ici et là de flaques café au lait. Adrien pose le livre assez lourd sur ses genoux et ceux de Samira.

— Si tu veux, tu peux suivre avec moi. *Tu*

poses tes doigts sur les miens... Si tu ne décryptes pas vraiment, tu sentiras au moins le mouvement.

Il déplie le gros volume et commence à palper la couverture en lisant le titre à haute voix : *Prime jeunesse,* de Pierre Loti.

Progressivement, Adrien sent les mains de Samira de plus en plus lourdes sur les siennes. Il finit par se rendre compte qu'elle s'est assoupie... Il ferme le livre et se dirige sans bruit vers la fenêtre. Des odeurs mouillées se glissent dans la pièce : odeurs de foin trempé, d'humus, d'algues, de sel, de pommes gâtées.

La jeune aveugle dort près de deux heures. Elle sort du sommeil lentement, en gémissant. Adrien est si proche d'elle qu'il donne l'impression de scruter son visage. Il est à l'écoute de sa respiration à peine perceptible et s'inquiète de son front et de son haleine chaudes.

Elle est si frêle maintenant, Samira, qu'il craint de la toucher. Il dissimule le plus possible la peur que lui inspire la maladie de l'adolescente. Après un moment d'hésitation, il porte les doigts de la jeune non-voyante à sa bouche et les embrasse l'un après l'autre avec beaucoup de tendresse.

— Je suis trop laide maintenant, tu ne peux plus m'aimer vraiment..., murmure-t-elle à mi-voix en se recroquevillant davantage.

— Tu es toujours la même, ne dis pas de bêtises !

— Tu mens ! Si tu ne vois pas comme j'ai maigri, tu sens bien que je n'ai plus que la peau sur les os...

— Moi, je l'aime, ta peau... J'aime son odeur, sa douceur, et tu m'énerves quand tu dis des âneries...

Il pose ses lèvres dans le cou de Samira et reste ainsi un long moment sans bouger. Puis il se relève, saisit son violon et commence à interpréter très doucement quelques notes de Mozart. L'adolescente geint, cette fois de bien-être. Elle sourit, tend un bras à la recherche de son ami. Adrien a posé un genou à terre près de Samira, et joue maintenant passionnément pour elle... seulement pour elle. La maison s'emplit de cette merveilleuse musique. Elle s'échappe par la fenêtre, court dans la lande et les sentiers en se mêlant aux chants de la nature.

L'enthousiasme d'Adrien a mis du baume au cœur de Samira. Elle a reçu sa musique comme un cadeau qui a provoqué en elle un sursaut de vitalité. Lorsque Adrien, un peu plus tard, le lui demande, elle se prête de bonne grâce à une leçon de locomotion avec la canne blanche. Guidée par l'adolescent, elle évolue derrière lui dans la pièce.

— Tu vois que tu te débrouilles bien ! fait le jeune garçon en accentuant la pression de sa main sur celle de son amie.

Le bout de la canne fait le tour de la table, tâtonne au pied de l'escalier, glisse sur le sol de tommettes irrégulières, craquelées par endroits.

— Garde-la à l'oblique ! recommande Adrien.

Samira heurte un pied de chaise, hésite devant la porte du couloir, bute sur le coffre près de la cheminée, coince légèrement l'embout dans l'interstice d'une plinthe.

— Tu n'as pas besoin d'appuyer très fort, il te suffit d'effleurer le sol, explique le jeune aveugle.

Il poursuit l'exercice en augmentant les difficultés :

— Il y a une fenêtre, faut que tu la trouves...

Samira descend deux petites marches inégales et se dirige vers la porte extérieure en découvrant le mur granité qui fait vibrer l'extrémité flexible de la canne. Elle pose sa main gauche sur un des carreaux et localise la poignée, qu'elle tourne, provoquant un courant d'air qui ramène des fragrances extérieures humides. Elle inspire à pleins poumons et dit :

— Ça sent si bon ! Ça me tourne la tête.

— Bravo ! lance Adrien, qui s'est rapproché en silence.

Il prend le visage de Samira entre ses mains, pose ses lèvres sur la bouche de la jeune fille. Pour la première fois depuis son entrée à l'hôpital, elle répond véritablement et passionnément à son baiser. Ils sont joue contre joue. Leurs bouches s'effleurent presque sur le côté. Adrien sent frémir les lèvres de Samira et caresse du bout de l'index le genou de l'adolescente d'un mouvement circulaire et régulier. Il aimerait l'embrasser à pleine bouche. Il respire un grand coup comme s'il souhaitait faire provision de son parfum vanillé. Ils ont l'air paisibles, heureux. Enfin, sur le ton du maître à l'élève, le garçon commande gentiment :

— Retour à la case départ, allons-y ! Je te suis à distance, je reste à un mètre derrière toi.

Samira glisse autour de son poignet la cordelette de cuir accrochée au manche de la canne, réfléchit un instant pour se rappeler le parcours, fait un quart de tour sur elle-même, s'engage d'un pas hésitant dans la pièce et prend progressivement plus d'assurance.

— C'est fatigant, cette concentration permanente, soupire la jeune non-voyante.

— C'est fatigant au début. Après, on s'habitue, tu verras...

— Ah ? je verrai !... C'est super !

— Façon de parler, tu sais bien...

Samira hésite avant de s'engager dans le couloir. L'adolescent marque un instant de silence, pose sa main sur l'épaule de son amie et reprend :

— Je te jure que, moi, j'ai souvent l'impression de voir. Avec mes doigts, mais aussi avec mon nez, mes oreilles, la plante de mes pieds, ma bouche, ma langue !

Cette fois, Samira rit de bon cœur. Elle se laisse glisser le long du mur et s'assoit sur le carrelage froid. Adrien poursuit, en s'installant à ses côtés :

— Tu ne peux pas imaginer tout ce que je suis capable d'identifier avec le bout de ma langue. Je goûte toutes sortes d'objets : appareils-photos, disques, livres, fringues... Je sais différencier au goût un jean Levi's 501 d'un Loïs et une vraie chemisette Lacoste d'une fausse !

L'adolescente secoue la tête et dit :

— Je ne te crois pas... Tu te moques de moi.

Il passe un bras autour de ses épaules et ajoute :

— Je t'assure que c'est vrai !

— Et tu manges le crocodile ?

— Presque... Je mets la chemisette à l'envers et

c'est avec la langue que je m'aperçois que les points de piqûre et le surfil ne sont pas les mêmes !

— Tu me jures que tu me racontes pas des blagues ? demande Samira en se relevant.

— Oui, fait Adrien, faussement exaspéré.

— Tu me le jures sur quoi ?

— Sur mon violon !

— Alors, je te crois...

Samira est maintenant au milieu du couloir. Le « tac-tac » de sa canne est devenu plus ferme. Elle prend de plus en plus d'assurance. Trop rapidement peut-être. À l'approche de l'escalier de la mezzanine elle trébuche, perd l'équilibre et tombe en heurtant de la pointe du menton l'arête du coffre breton. Un filet de sang s'écoule immédiatement aux commissures de ses lèvres.

— Je saigne, Adrien !

L'adolescent se précipite, bras tendus. Il renverse une chaise sur son passage, se rattrape de justesse à la poutre de la cheminée, se cogne à la porte du couloir et lance, pris de panique :

— Où es-tu ? Tu as mal ?

— Près de l'escalier, répond Samira, qui pleure comme une petite fille.

— Ne bouge pas... Je vais chercher un gant de toilette et de l'alcool dans la salle de bains.

Il revient quelques instants plus tard et ausculte du bout des doigts le visage de l'adolescente, localise la plaie, qu'il ne juge pas très grave, et fait un point de compression avec le gant. Le bel enthousiasme de Samira semble avoir disparu aussitôt.

— Je n'y arriverai jamais ! fait-elle d'un ton désenchanté.

Le père Colomer et son épouse ont achevé les soins en collant un ruban de sparadrap sur le menton de Samira. L'adolescente a un gros bleu sur le côté de la joue.

Le vieux couple a préparé le repas et s'en est allé. Les deux jeunes aveugles sont maintenant devant le feu de cheminée, silencieux, comme recueillis. Adrien écoute avec plaisir le craquement des bûches, le pétillement des braises et les coups de vent qui bougonnent dans le conduit de la cheminée. Quand la pendule de la cuisine sonne onze heures, ils montent se coucher en se tenant par la main.

Les deux journées qui suivent se déroulent en promenades sous un soleil indécis, sous des ondées capricieuses et des souffles de la mer impitoyables pour les tuiles d'ardoise et les arbres trop frêles. Des graminées de toutes sortes, des étamines, virevoltant en tous sens, provoquant chez Samira des éternuements répétitifs. Allergique aux pollens et aux poussières, elle est prise de fortes crises d'asthme et se retrouve encore dans l'incapacité d'avaler la moindre nourriture. Au milieu de la semaine, le père Colomer juge nécessaire d'appeler le médecin du bourg, malgré les refus répétés de l'adolescente qui s'affaiblit de jour en jour. Devant sa maigreur, le médecin conseille un retour immédiat à Paris, à l'hôpital, et suggère d'alerter la famille. À cette idée, Samira éclate en sanglots. Adrien, désemparé, près du canapé sur lequel est allongée son amie, murmure en lui caressant les cheveux :

— Ne t'en fais pas, je dirai que c'est moi l'instigateur de tout ça !

Samira esquisse un petit sourire fatigué et serre sans grande force la main du garçon.

Prévenus rapidement par la direction de l'hôpital de la disparition de leur fille, les parents de Samira ont alerté aussitôt la gendarmerie qui a immédiatement orienté son enquête vers les élèves de l'internat. Il y a eu un grand émoi parmi l'équipe éducative, les jeunes amblyopes et les non-voyants. Il fut établi immédiatement qu'elle avait bénéficié de complicités extérieures. Le capitaine chargé de la recherche n'a pas eu à jouer très longtemps les fins limiers pour relier la fugue de la jeune aveugle aux absences répétées d'Adrien.

Frédéric, de son côté, a été plus longuement interrogé que les autres élèves. Il a aimé que les soupçons se portent sur lui, résolu qu'il était à ne pas trahir ses amis, à ne pas « lâcher le morceau », résistant comme un véritable « petit dur »...

Son « interrogatoire » s'est déroulé au foyer. Il a été plus embarrassé par les odeurs persistantes de chou-fleur servi au déjeuner que par les questions successives de l'officier. Il a feint habilement la surprise et a rapppelé qu'il n'avait jamais eu de bonnes relations avec les deux fugueurs, ce qui fut confirmé par un éducateur et détourna momentanément les présomptions qui pesaient sur lui.

Quant aux parents d'Adrien, ils ne se sont pas inquiétés. Au début de la semaine, l'adolescent leur avait demandé par téléphone de prolonger son séjour, en prétextant que, en cette fin d'année, il n'y avait plus de cours réellement utiles à l'internat. Le jeune aveugle a assuré par ailleurs que les meilleures conditions étaient réunies ici, à Belle-Île, pour travailler sérieusement son violon. Il a affirmé avec aplomb qu'il serait vraiment prêt pour assurer sa série de concerts pour le concours « jeunes talents » à Paris, au début du mois de juillet. Ses parents ont fini par céder...

Quelques jours plus tard, Adrien appelle à nouveau sa famille. L'état de Samira s'est aggravé et l'adolescent est très inquiet. Au ton de sa voix, son père n'a pas le cœur à le réprimander. D'une voix cassée, l'adolescent explique les raisons pour lesquelles il a organisé la fugue. Il appelle depuis la cabine téléphonique du port de Sauzon. La pluie tambourine sur le petit toit de verre et brouille légèrement la conversation. Son père, de son côté, a enclenché le haut-parleur du téléphone, ainsi leurs propos peuvent être entendus par sa mère et l'officier de gendarmerie qui se trouvent dans le salon. Le petit Jordan, sur le seuil de la porte, ne perd rien, lui non plus, des événements. Il est très impressionné par l'aventure que vit son frère, et se dit que c'est comme aux informations, à la télé, ou comme dans ces feuilletons que sa mère lui interdit de regarder. Tout cela lui plaît bien. Soudain, sur un ton plus affermi, Adrien lance :

— Ce n'est pas la peine de nous envoyer les flics ; on rentre...

— Il est fort, le frangin ! murmure Jordan, tandis que son père reprend, en élevant la voix à son tour :

— Vous ne pouvez pas rentrer seuls ! Je viens vous chercher...

Il se retourne vers sa femme qui l'encourage à insister par un mouvement de tête. Mais le garçon trépigne dans la cabine :

— Non ! Ne viens pas ! Samira se sentira trahie !

Un long silence s'établit de part et d'autre. Adrien finit par dire, après un temps de réflexion :

— Demande à Jeannot de venir nous chercher en taxi... Il viendra, j'en suis sûr !

La pluie vient de s'arrêter sur Sauzon. Aussitôt, un rayon de soleil perce les nuages et chauffe la paroi de verre de la cabine. Le jeune aveugle, cette fois, supplie son père :

— Je t'en prie, papa, surtout pas les gendarmes...

Jean-Pierre se tourne vers le capitaine, l'interroge du regard. Celui-ci acquiesce.

— Il faut lui faire confiance.

À l'autre bout du fil, Adrien continue avec impatience :

— Et appelle tout de suite les parents de Samira pour pas qu'ils fassent leur cirque ! Fais-le, papa, je t'en supplie !

Jean-Pierre ne répond pas immédiatement. Puis il demande :

— Comment va-t-elle ?

Adrien hésite à répondre. Sa gorge est nouée par des larmes qu'il tente de retenir. Il préfère cacher son état de santé, et dit :

— Elle est un peu mieux. Le docteur est revenu ce matin, il a trouvé qu'elle avait meilleure mine.

Laure s'empare du combiné et, la voix prise par l'émotion, demande à son tour :

— Et toi, comment vas-tu, mon chéri ?

— Ça va, maman... J'ai seulement peur pour Samira.

— On t'envoie Jeannot immédiatement. Ne t'inquiète pas ! Je t'embrasse...

Adrien raccroche après avoir murmuré un inaudible « Moi aussi ». Il sort de la cabine lentement, déplie sa canne et longe le bras de mer en direction de la maison de pêcheur aux volets bleus.

15.

Sur le quai désert, le père Colomer regarde le ferry s'éloigner lentement du port. La mer est presque aussi noire que le ciel. Des crêtes blanches se forment de temps en temps au-delà des deux phares plantés au bout des jetées. Le vieil homme passe le revers de la manche de son caban sur son visage tanné pour essuyer quelques gouttes de pluie, ou peut-être des larmes. Il tient son percheron par le mors. Au moment où le bateau envoie un dernier coup de sirène, le cheval pousse un hennissement sinistre en secouant sa crinière trempée.

— Kénavo, les enfants ! murmure le père Colomer d'une voix plus rocailleuse encore que d'habitude.

Adrien est monté sur le pont le plus haut et agite le bras.

La charrette du vieil homme s'éloigne en remontant la grand-rue avec son cliquetis de sangles, de métal, de harnais de licou. Entre le bruit des roues qui tressautent sur les pavés inégaux, quelques jurons en breton adressés au percheron fusent.

Au loin, la mer se creuse davantage et le tumulte sourd des vagues se fait de plus en plus violent.

L'adolescent se retourne. Il fait face maintenant à la côte sauvage de Quiberon.

— Là-bas c'est dégagé... le ciel est plus clair Salut, gamin! Alors, ces vacances se sont bien passées?

Adrien reconnaît à la voix le matelot rencontré à l'aller.

— Et ta petite amie, qu'est-ce que tu en as fait?

Adrien a un vague geste de la main, esquisse un petit sourire triste et descend retrouver en cabine Jeannot et Samira. L'adolescente est allongée sur une banquette, bordée de grosses couvertures. Elle somnole après avoir absorbé un sédatif.

Jeannot le taxi a transformé sa voiture en ambulance. Il a abaissé un des sièges arrière et a constitué un lit pour Samira avec un matelas pneumatique de plage. Adrien est à côté de l'adolescente. De la main gauche, il caresse son visage et entortille machinalement son index dans une boucle de ses cheveux frisés. Le chauffeur regarde de temps à autre les deux jeunes gens dans le rétroviseur. Il roule vite et vient de s'engager sur la rocade qui ceinture Rennes avant d'atteindre le péage de l'autoroute. Adrien a baissé très légèrement la vitre. Un filet d'air laisse passer les dernières senteurs bretonnes qui disparaissent peu à peu au profit des odeurs de gas-oil. Des ombres géantes, celles des camions, défilent à toute vitesse sur le macadam. Aux vrombissements multiples, hargneux, qui résonnent autour de lui, Adrien comprend que la circulation est dense. Il fait beau. « Trop beau, le ciel est scandaleusement limpide », pense Jeannot le taxi. Lui aussi se sent responsable de cette équipée qui a mal tourné. Depuis le départ de Quiberon, ils n'ont pas échangé trois mots.

Adrien se décide enfin à parler. Il murmure :

— Tu m'en veux ?

Le bruit du moteur couvre sa voix, ou bien le chauffeur fait semblant de ne pas l'avoir entendu. Il soupire, soulève sa casquette, essuie sur son front quelques gouttes de transpiration et bougonne :

— Quoi ? Tu me parles ? fait-il sans se retourner.

— Tu m'en veux ?

Le jeune aveugle s'attend à la colère du chauffeur. Il l'entend déjà grogner et se tasse légèrement sur son siège, la tête rentrée dans les épaules.

— Je ne t'en veux pas, Adrien, répond l'homme tout d'un coup d'une voix douce. Nous avons fait ce que nous avons cru utile pour cette pauvre Samira.

L'adolescent se redresse et pose une main sur l'épaule de Jeannot. En se rapprochant ainsi, il retrouve son odeur habituelle d'after-shave et il s'en émeut un instant.

— On n'a rien dit, pour toi. Personne ne sait que tu nous as aidés à sortir Samira de l'hôpital...

— Et même si on le savait, ça ne me gênerait pas ! affirme maintenant Jeannot.

Il ralentit à l'approche du péage, baisse sa vitre

au dernier moment, saisit le ticket, remonte rapidement la glace et poursuit, en levant la voix :

— Elle avait vraiment besoin de changer d'air, la gamine... C'est pas de chance si les choses ont tourné ainsi !

Il actionne le clignotant, s'engage lentement sur la branche de dégagement et dit :

— Je vais prendre de l'essence. On va en profiter pour acheter à manger. Crois-tu qu'elle va réussir à avaler quelque chose ?

— Juste un peu d'eau bien sucrée...

Le garçon marque un temps et ajoute, avec un peu de nostalgie dans la voix :

— C'était le médicament miracle du père Colomer.

Samira a senti le véhicule ralentir. Elle s'éveille lentement. Adrien caresse son front d'un geste lent. Elle chuchote, la bouche sèche et brûlante :

— Il faut rouler encore longtemps ?

— Trois heures à peu près ! répond-il.

L'haleine de la jeune non-voyante est chaude. Samira est parcourue de frissons.

— Ça sent mauvais, fait-elle. Ça me pique la gorge.

— C'est l'essence... Jeannot fait le plein.

Elle est prise d'une quinte de toux comme un petit enfant atteint de coqueluche. Adrien lui relève la tête pour lui permettre de mieux respirer et crie, en direction du chauffeur :

— On dégage vite de là, ça pue ! Ça fait tousser Samira, il faut s'installer dans un endroit moins pollué.

Des rires, des cris d'enfants fusent autour d'eux, près des tables de pique-nique, des balançoires et des toboggans installés sur l'aire de repos. Jeannot a garé le véhicule à l'ombre d'un arbre. Il ouvre la porte arrière et assoit Samira les jambes pendantes vers l'extérieur de la voiture. Il est effrayé de la voir si pâle, si frêle. Il tient à la main une tasse remplie d'eau sucrée qu'il lui fait boire lentement. Adrien, de son côté, n'a pas le cœur à manger son sandwich. Il en croque une petite bouchée et le repose aussitôt sur le siège. L'adolescente écarte sa tête et repousse de sa main le bras du chauffeur. Elle n'a pas bu une demi-tasse.

— Encore un peu..., allez, fait-il gentiment.

— J'ai froid ! répond Samira. (Sa bouche tremble.)

— N'insiste pas ! dit Adrien. Repartons !

À peine allongée, la jeune aveugle murmure :

— Je ne voulais pas aller à l'hôpital !

— Je sais bien...

— Je vaix y rester longtemps, n'est-ce pas ?

— Mais non, ment Adrien, qui sait la faiblesse extrême de son amie.

— Si, je vais y rester longtemps. Je le sens au fond de moi.

Deux filets de larmes coulent sur ses joues. Elle se mord les lèvres jusqu'au sang.

— Il n'y a que là que tu pourras être soignée sérieusement...

Les paupières de Samira sont prises de spasmes. Sa main cherche dans le vide celle du garçon.

— Tu viendras me voir ? demande-t-elle d'une voix lointaine.

— Évidemment... Tous les jours. C'est juré !

Il se baisse du côté de la jeune fille, l'embrasse dans le cou à la recherche de son parfum de vanille qu'il ne parvient pas à retrouver. Elle s'endort profondément. Adrien se relève et pose ses bras sur les appuis-tête des sièges avant et demande à Jeannot :

— Tu peux aller plus vite ?

— Je suis déjà à plus de cent cinquante...

Le vent siffle sur la carrosserie. Le conducteur s'engage sur la file de gauche. Le « tic-tac » du clignotant fait un bruit lancinant et sinistre.

— C'est la première fois que tu ne chantes pas à ton volant ! fait remarquer Adrien, la voix cassée.

Jeannot ne répond pas. Il jette un coup d'œil dans le rétroviseur et voit le visage du garçon baigné de larmes.

— Ne pleure pas, petit... Elle va se refaire une santé, ta Samira. Ne t'inquiète pas.

Il sort une gitane d'un paquet froissé, la porte à sa bouche, approche un briquet, le repose devant lui, baisse la vitre et jette la cigarette.

16.

Cela fait maintenant plus de trois semaines que Samira a retrouvé l'hôpital. Bien que très absorbé par ses répétitions et la série de concerts qu'il donne tous les soirs à Paris et en région parisienne dans le cadre du concours « jeunes talents », Adrien tient sa promesse. Il vient voir son amie tous les jours, parfois même deux fois par jour, en fin de matinée et vers six heures le soir. Au début, ils ont échangé quelques mots. Depuis quelque temps, la jeune non-voyante est véritablement mutique. Malgré les soins, l'attention du personnel médical et le traitement qu'on tente de lui imposer, elle ne réagit pas. Le psychologue du service a passé la main au psychiatre. Le médecin a convoqué plusieurs fois ses parents pour mettre en place une psychothérapie familiale. Il n'y a pas eu de résultats probants. De jour en jour l'adolescente s'affaiblit davantage. Elle ne pèse plus que trente et un kilos.

Adrien se tient près d'elle. D'une voix très douce, il lui parle de choses et d'autres :

— Tu sais comment je suis habillé ?

Samira ne répond pas. Elle tourne lentement la tête vers son ami en donnant l'impression de faire un gros effort.

— Je porte un frac avec un nœud papillon ! Jordan m'a dit que je ressemble comme ça à un pingouin aveugle.

Adrien attend une réaction de la malade et ajoute, en forçant son rire :

— Je ne me trimballe pas comme ça dans la rue ! Je cache le frac sous un imper... Je te dis pas comme je crève de chaud !

L'adolescente tente d'agiter ses jambes maigres sous les draps.

— Tu as chaud, toi aussi ! constate le garçon. Il a fait plus de vingt-cinq degrés cet après-midi !

Il pose délicatement sa main sur le front de Samira :

— Tu es trempée... Je vais appeler l'infirmière.

Elle fait un petit signe négatif de la main. Adrien sort la pochette blanche de son habit, lui éponge le front, remet le mouchoir à sa place et se dirige vers la porte de la chambre avec assurance.

— Si tu veux, je te joue un extrait de la sonate que je vais interpréter ce soir !

L'adolescente répond par un faible battement de cils, que ne peut voir Adrien, et par un petit bruit de bouche qu'il considère comme une réponse affirmative.

— C'est mon dernier concert. Les cinq premiers

du concours seront sélectionnés pour une tournée en France et en Europe !

Il sort le violon et l'archet de son étui, fait quelques accords discrets pour ne pas alerter tout le service et commence à jouer. Peu à peu la musique enveloppe Samira. Quelque chose en elle, sur son visage creusé, livide, semble s'animer, s'éclairer un instant, puis ses traits se figent à nouveau. Seule sa respiration saccadée rappelle la vie en elle...

Quelques instants plus tard, Adrien repose son instrument et dit :

— Si tu veux, tu peux écouter le concert, il sera retransmis à la radio...

Samira se semble pas l'avoir entendu. Il revient à tâtons vers la jeune malade. Il agrippe la barre froide du pied du lit, laisse traîner la main le long du drap rêche sous lequel il sent les membres maigres de l'adolescente, dépose un baiser sur son front, se relève lentement, et reste un long moment devant elle sans bouger.

Il aimerait tant entendre son souffle plus fort, moins fatigué, plus présent. Il aimerait tant trouver les mots qui l'aideraient à la sortir de sa léthargie et qui lui donneraient l'envie de vivre.

Adrien a désormais la certitude que Samira, et elle seule, peut décider de son rétablissement et triompher de sa terrible douleur Il sait qu'il n'a plus que sa présence à lui offrir comme réconfort. Il porte la main à son poignet, tâte les aiguilles de sa montre, prend connaissance de l'heure, déplie sa canne blanche, saisit son étui à violon, jette son imperméable sur ses épaules et sort silencieusement après avoir déposé un long baiser sur la bouche de son amie.

Une nouvelle fois, c'est avec le *Concerto n° 5 pour violon* de Mozart que le jeune aveugle se distingue. Il interpréte l'allégro avec infiniment de générosité, d'originalité, d'humanité. Il attaque l'adagio comme un murmure implorant. Il met dans sa façon de jouer beaucoup de mélancolie et de tendresse. Au cours de ce deuxième mouvement, plus poétique, plus méditatif, plus enveloppé de brillantes variations, son cœur se met à battre à tout rompre. Le visage de Samira avant la maladie s'impose à lui avec une force étonnante. La musique le ramène sans cesse à l'adolescente. Il se dit qu'elle est là dans la salle, toute vibrante, pleine d'émotion, de passion. Elle frissonne, tremble pour lui. De mystérieuses vibrations s'établissent entre eux à l'insu de tous. Adrien a la sensation que c'est par elle, pour elle, qu'il joue ce soir magnifiquement bien... Des souvenirs heureux lui reviennent en tête. Samira réapparaît rayonnante, espiègle à ses côtés dans la cour de l'internat, au réfectoire, en classe, où les rayons du soleil de juin taquinent le dos et la nuque par les fenêtres ouvertes. Il se rappelle la rencontre de leurs mains qui se cherchent. Elles flottent dans l'air comme les ailes immenses de deux papillons perdus, aveuglés par une lumière trop violente. Elles décryptent avec infiniment de douceur le visage malicieux de Samira.

Au rondeau, il sent le public vibrer.

Ailleurs, dans une maison de pêcheur, un vieil homme et un autre jeune aveugle écoutent sur un transistor la retransmission du concert. Le père Colomer et Frédéric, à Belle-Île en mer, partagent ici un grand moment de bonheur... Le vent peut hurler sur les ardoises et le ciel n'en faire qu'à sa tête, ils ne l'emporteront pas sur la force, la beauté de l'interprétation de ce concerto par un jeune virtuose « bigleux »... qui fait l'admiration d'un vieux marin au cœur tendre et d'un autre bigleux qui ne joue plus les terreurs.

Adrien accentue le rythme, nerveux, intense, alerte du finale.

À peine lève-t-il son archet qu'un tonnerre d'applaudissements secoue la salle. Il salue longuement le public, sans effusion, dignement. Tout son être est tourné vers Samira. Son père s'approche de la scène et crie pour se faire entendre de son fils :

— Le jury est debout !

Adrien comprend que ce succès évident lui garantit la sélection. Le public, ses proches, s'étonnent de voir si peu d'enthousiasme sur son visage privé du moindre sourire. Adrien saisit la pochette de son frac, s'essuie le front, la bouche, et retrouve, imprégné dans le tissu, le parfum de Samira. Il frissonne d'émotion et éprouve l'envie de fuir cette salle trop pleine de vie, d'enthousiasme, de bonheur, pour aller retrouver son amie. Une petite fille monte précipitamment sur la scène. Il entend ses pas courir et claquer sur le plancher malgré le brouhaha général. Elle lui tend un bouquet de fleurs. Il se penche, cherche son visage du bout des doigts, l'embrasse et prend le bouquet. La petite fille vient de sentir sur ses joues les larmes de ce garçon aussi grand qu'un adulte et semble ne pas comprendre qu'on puisse pleurer à cet âge-là...

Dans une chambre d'hôpital comme tant d'autres, une jeune fille aux cheveux noirs tient fermement dans ses doigts trop maigres un transistor d'où s'échappe un concert de musique classique. D'un geste lent, elle remonte l'appareil contre son oreille.

Dans la salle les applaudissements se renouvellent sans cesse.

À Belle-Île en mer, debout devant le poste de radio, le père Colomer et Frédéric arrosent le succès d'Adrien de plusieurs bolées de cidre. La pièce est éclairée par un grand feu de tourbe qui brûle dans la cheminée en dégageant une petite fumée âcre qui pique les yeux et donne envie de pleurer. La lune inonde d'une magnifique lumière les murets de pierres sèches du champ devant la maison et projette des sortes de guirlandes jaunes sur les branches des pommiers illuminées comme aux plus beaux jours de la fête annuelle du cidre.

Adrien est contraint de bisser le dernier mouvement du concerto. Près de la porte de la sortie, un homme tient sa casquette à la main. Il est habillé simplement. Deux grosses larmes roulent sur sa gueule à la Gabin. D'un revers du bras il essuie son visage carré peu accoutumé aux pleurs et frotte l'une contre l'autre les paumes de ses mains.

À l'hôpital, l'infirmière allume la veilleuse, qui pose une lumière bleutée dans la chambre. Un sourire se dessine sur les lèvres de Samira. Quelque chose lui dit maintenant qu'Adrien est tout près d'elle. Elle murmure, dans sa nuit sans fin :

— Joue encore... Joue. Tu me fais tant de bien.

Cet ouvrage a été reproduit
par procédé photomécanique par la
SOCIÉTÉ NOUVELLE FIRMIN-DIDOT
Mesnil-sur-l'Estrée
pour le compte des Éditions Pocket
en juillet 2000

POCKET - 12, avenue d'Italie - 75627 PARIS CEDEX 13
Tél. : 01- 44-16-05-00

Imprimé en France
Dépôt légal : novembre 1995
N° d'impression : 51915